D0728777

COLLECTION FOLIO

Boileau-Narcejac

Les intouchables

Denoël

Pierre Boileau et Thomas Narcejac sont nés à deux années d'intervalle, le premier à Paris, le second à Rochefort. L'un collectionne les journaux illustrés qui ont enchanté son enfance; l'autre est spécialiste de la pêche à la graine. A eux deux, ils ont écrit une œuvre qui fait date dans l'histoire du roman policier et qui, de Clouzot à Hitchcock, a souvent inspiré les cinéastes : *Les Diaboliques, Les Louves, Sueurs froides, Les Visages de l'ombre, Meurtre en 45 tours, Les Magiciennes, Maléfices, Maldonne*, etc.

Ils ont reçu, entre autres prix, celui de l'Humour noir en 1965 pour *Et mon tout est un homme*. Ils sont aussi les auteurs de contes et de nouvelles, de téléfilms, de romans policiers pour la jeunesse et d'essais sur le genre policier.

INTOUCHABLE, n. et adj. Mot désignant dans l'Inde les hors castes, les parias, que l'on ne pouvait toucher sans souillure.

Larousse

Cher ami,

Ainsi, vous avez su me retrouver. Grâce à la Providence, dites-vous. Peut-être ! Ne croyez pas, pourtant, que j'aie eu l'intention de me cacher à Paris. Non. J'ai voulu simplement me perdre dans la foule... disparaître pour essayer de recommencer ma vie. Délibérément, j'ai rompu tous les liens. J'aurais dû, sans doute, à vous qui avez été pendant des années mon père spirituel, faire part de mes doutes, mais je connaissais d'avance vos réponses. Et je les ai jugées courtes. J'étais suffisamment meurtri pour ne pas ajouter à mon désespoir le déchirement d'une scène qui nous aurait fatalement dressés l'un contre l'autre. J'ai préféré m'en aller furtivement, comme on s'évade. Et voyez-vous, j'aurais mieux aimé que la Providence, comme vous dites, ne se mêlât point de mes affaires. Je vous demande pardon de laisser paraître une pointe de rancune. Rassurez-vous : elle est dirigée contre moi. La rancune, c'est le mal qui ronge ceux qui n'ont pas reçu la grâce d'être schizophrènes. Il y a tout un pan de moi qui n'arrive pas à s'effondrer, malgré les secousses que je m'inflige. Votre lettre est venue faire pencher un peu plus cet édifice branlant. Et maintenant, je ne sais plus ; je me sens partagé entre la joie et la colère. Mais je crois que c'est, malgré tout, la joie qui l'emporte.

Vous n'avez pas commis l'erreur de me pardonner. Le pardon eût été insultant. Vous m'avez ouvert les bras et je vais peut-être me raconter puisque vous m'affirmez que vous êtes prêt à me comprendre. Il est vrai que dix ans ont passé. Dix ans : c'est le temps qu'il faut pour que la réprobation se change en curiosité. Et puisque l'un de vos amis m'a croisé dans la rue, au moment où je rentrais chez moi et n'a pas manqué de vous signaler cette rencontre, c'est peut-être plus, en effet, qu'un hasard heureux. J'y vois comme le signe, encore ambigu, d'un changement qui pourrait bien me rendre la vie moins pénible. J'ai tellement besoin, parfois, de me confier !

Je vous dirai tout, comme on saigne. J'ai tout mon temps, malheureusement, car je suis en chômage depuis plusieurs mois. Aujourd'hui, je veux seulement vous remercier. Je ne suis pas coupable, mais qu'un autre me le dise, cela me bouleverse. Encore merci.

De tout cœur.

Jean-Marie Quéré

Cher ami,

J'ai laissé passer quatre jours. Pour retrouver mon sang-froid. Pour parler de moi avec exactitude, s'il se peut. En tout cas, sans complaisance et surtout sans littérature. Oui, j'ai perdu la foi. Cela s'est produit brusquement. Il y a des conversions célèbres, des illuminations semblables à des coups de foudre. Il y a aussi, je le sais, des naufrages instantanés. L'horizon disparaît soudain. Ce qui était vérité ensoleillée devient certitude désolée. On ne voit plus que l'envers de toute chose; bien plus, on découvre qu'il n'y a jamais eu d'endroit. Cela m'est arrivé un soir, un dimanche soir... Je pourrais vous indiquer la date et l'heure, tellement ce souvenir demeure vif dans ma mémoire.

Je regardais une émission sur la vie des animaux. J'avais eu une journée fatigante et je suivais d'un œil distrait les évolutions d'un hippopotame pataugeant dans une mare, quand la caméra saisit une petite troupe de zèbres broutant près du point d'eau.

J'adore les zèbres pour leur pétulance et leur candeur. Il y a en eux je ne sais quoi de dodu, de joufflu et d'espiègle qui fait penser à l'enfance. Ils cueillaient une bouchée d'herbe, relevaient la tête, pointaient leurs oreilles vers les bruits de l'espace et, rassurés, se remettaient à table. Ils n'avaient pas décelé la présence d'une lionne tapie derrière un buisson.

Je revois cette bête, ramassée pour bondir. Tout en elle exprimait le meurtre. La folie de tuer faisait trembler ses muscles et ses regards dardaient la mort comme des sagaies. Soudain alertés, les zèbres, d'un seul mouvement, détalèrent. La lionne se lança à leur poursuite, d'une course oblique qui sépara bientôt un zèbre du troupeau déjà masqué par un nuage de poussière, et je sus que le crime allait être consommé.

Des scènes semblables ; j'en avais vu bien des fois, sans en être autrement troublé. Mais, ce soir-là, horrifié, j'assistai à la curée. La lionne, en plein élan, se suspendit de toutes ses griffes à la croupe de sa victime. Elle renversa le zèbre, cherchant sa gorge. Et elle poussait en même temps des râles caverneux de jouissance. La caméra tournait autour des bêtes confusément enlacées. Surgit alors en gros plan la tête du zèbre, sa comique petite brosse de poils clairs entre les oreilles et, surtout, ah ! surtout, son œil qui reflétait le ciel où, déjà, tournaient les vautours, ses longs cils de fille qui battaient une dernière fois. Et puis la patte qui ruait se détendit lentement. Ce n'était plus qu'une chose bonne à manger. La lionne, d'une secousse, bascula le corps où des stries de sang se mêlaient aux rayures et, d'un coup de croc, ouvrit le ventre chaud. L'orgasme lui tordit les reins.

Le cœur battant, j'essayais de comprendre ce que je ressentais : dégoût, horreur, révolte, refus, comment vous expliquer ? Des mots me traversaient l'esprit, comme des mouches de feu : ... la mort... Impossible... Je dis non...

Peut-être pensez-vous que j'ai été victime d'un moment de dépression mais que l'agonie d'un zèbre n'est vraiment pas de nature à jeter bas toute une métaphysique. Je vous entends : « Le mal, c'est l'homme qui l'a introduit sur la terre. Le monde d'avant l'homme n'était qu'innocence, etc. » Mais ce que les penseurs n'ont jamais voulu voir, c'est que le plaisir de tuer est inhérent à la vie animale. Voilà ce que je découvrais en une espèce d'intuition foudroyante. Ces griffes, ces pinces, ces becs, ces crochets, ces tarières, autant d'instruments de supplice.

Ils infligent la souffrance avant de provoquer la mort. Et cette souffrance cause la joie de l'agresseur. Cela, je venais de le voir. Ce regard mourant sur les choses aimées : la savane, le ciel, le vent dans les herbes... Pourquoi ? Pourquoi la fin de tout ?

Si Dieu existe, s'il est partout, il ne peut pas ne pas entendre le craquement des os broyés qui, d'une extrémité à l'autre de cette planète de sang, emplit le silence des jours et des nuits. La planète qui mange. La jubilation horrible de la faim satisfaite. La victoire des prédateurs préparant, annonçant celle de l'homme. De l'amibe au milicien, personne n'est innocent. De cela, maintenant, je suis sûr. Je ne veux même plus discuter, car, vous le pensez bien, j'ai lutté. Je l'ai repris par tous les bouts, ce problème de la souffrance. Mais sans cesse je revoyais l'œil égaré de l'animal étranglé.

Phantasme ? Soit ! Et peut-être étais-je mûr depuis longtemps pour recevoir cette contre-révélation et me laisser pénétrer par elle. Mais, à tort ou à raison, je me suis senti tenu d'aligner mes actes sur mes convictions. En conscience, je ne pouvais plus croire. Qu'était-ce, je vous le demande, qu'une bonté infinie laissant prospérer, depuis l'origine des temps, l'assassinat ? Jusqu'à la butte funèbre du Golgotha ? Et encore une fois, je ne dis pas que j'ai raison. Je dis seulement que mes yeux se sont ouverts, que j'ai compris... mais je renonce à vous communiquer cette expérience qui m'a calciné.

J'ai eu besoin de me cacher, de m'ensevelir dans la foule anonyme. Je suis parti sans prévenir personne. Je suis venu à Paris. Paris, c'est la solitude dans le grouillement. Il est aisé de s'y perdre. Je m'y suis perdu. J'ai réussi à égarer cette foi sans maître qui s'attachait à mes pas comme un chien errant. Enfin, je me suis senti libre.

Vous ne pouvez pas savoir ce que c'est que cette liberté, quand tout est permis. Puisqu'il n'y a plus de commandements, une seule loi : le désir. Cette fois, je me trouvais vraiment dans la jungle. Je pouvais m'assouvir en toute impunité. Malheureusement, je ne suis pas un homme de passion. Et puis le désir sans argent n'est qu'une crampe de l'imagination. J'étais pauvre, et cela signifiait que j'étais du côté des mangés et non pas des mangeurs. Eh bien, cela, en définitive, ne me déplaisait pas. J'avais déniché un petit meublé, au Quartier latin. Il me coûtait, naturellement, les yeux de la tête. Le restaurant achevait de mettre mes finances en déroute. J'étais de toute part exploité. Mais je pouvais me dire en me promenant le long des librairies et des magasins d'antiquités : tout cela est à moi, en un sens !

C'est le mot favori des paumés : en un sens ! Il y a toujours une vitrine entre eux et les objets. Leurs mains n'ont pas le droit de toucher, mais les yeux ont le droit de fouiner. C'est « en un sens », une façon de posséder. C'était la mienne. En pensée, j'achetais mille choses, je m'offrais mille plaisirs dont je connaissais d'avance la vanité. Ainsi, j'amassais sans être frustré. Tout m'attirait et je ne tenais à rien. Je n'étais ni heureux ni malheureux. J'étais un survivant, une personne déplacée.

Mais je dois, maintenant, vous parler de Marceau Langlois. Ce nom vous dit quelque chose. Voyons, ce Marceau Langlois, n'est-ce pas l'auteur de... ? C'est bien lui. L'auteur inépuisable de 150 romans noirs, de

80 romans érotiques, d'une centaine de romans roses, car tout lui était bon pourvu que ce fût rentable. Je parle de lui au passé, parce qu'il vient de mourir. C'est même pourquoi je suis en chômage. Oui, j'ai été pendant de nombreuses années son secrétaire. Cela va vous paraître inimaginable, pour ne pas dire un peu monstrueux. Mais au nom de quoi, je vous le demande, aurais-je dédaigné cet emploi ? Rappelez-vous, il n'y a plus, pour moi, d'interdit. Et d'ailleurs, Langlois n'était pas un mauvais homme. Je vous l'accorde, il y avait en lui du proxénète. Ses livres faisaient le trottoir. Vous n'avez jamais mis le nez dans cette littérature fétide, vous ignorez donc comment elle se cuisine. Moi, je le sais. Elle m'a enseigné l'argot, mille choses que j'ignorais sur le sexe, sur la violence, sur la délinquance. Elle m'a immunisé contre les misères du corps et de l'âme. Je lui suis reconnaissant d'avoir compris à quel point elle est bête.

Langlois, lui, était né malin. Journaliste, il était trop couard pour être un envoyé spécial, trop ignorant pour tenir une chronique littéraire, trop avisé pour écrire des articles politiques. Restait la gastronomie. Il s'en fit une spécialité, qui lui laissait des loisirs. Il en profita pour écrire un premier roman noir sur la drogue qui connut un succès estimable. Il récidiva, lâcha bientôt le journalisme pour se consacrer à cette industrie du paroxysme où il ne tarda pas à exceller. Il eut besoin, autour de lui, d'un petit « brain trust ». (Il ne savait pas l'anglais mais il aimait sucer comme des bonbons les mots qui se rapportent au business.) Je fus engagé par le plus grand des hasards et presque uniquement sur mon aspect, qui a toujours été timide et digne. Il lui fallait un secrétaire discret, rapide, efficace et surtout effacé. Avec mes deux années de licence et mon complet noir un peu usé, je lui plus. Il ne me demanda aucune référence et je ne jugeai pas utile de lui donner la raison qui m'avait amené à Paris.

Pour 4000 francs par mois, j'eus le droit de vivre dans son ombre, de répondre à l'énorme courrier qu'il recevait. Vous ne pouvez pas savoir! Il se faisait appeler : Maître, convaincu d'être un grand écrivain parce qu'il vendait des tonnes de papier. Je ne cessais d'envoyer un peu partout sa photo dédicacée. De temps en temps, il entrait dans mon bureau, se penchait sur mon épaule et son cigare me chauffait l'oreille. Il lisait la lettre que je rédigeais, me donnais une tape amicale. « Très bien, Jean-Marie. Vous êtes doué pour le genre épistolaire. » Il aimait m'appeler Jean-Marie. « C'est un peu cucul, m'avait-il dit, au début, mais ça fait honnête. » Je recevais à sa place les visiteurs et surtout les visiteuses qu'il ne voulait pas rencontrer. J'ai vu défiler une faune dont vous ne pouvez avoir la moindre idée. Ses romans roses, qu'il signait Jean de Fréneuse, attiraient chez lui quantité de dames mûres qui se présentaient un livre à la main comme une sébile. Mettons que j'exagère un peu parce que le personnage de Marceau m'a toujours amusé, mais c'est vrai, j'étais très souvent dérangé et je devais rester jusqu'à 7 heures, 8 heures du soir, pour expédier le courrier en souffrance. Il ne lui serait pas venu à l'idée de m'accorder la moindre gratification. Ou plutôt si. Il me donnait toujours son dernier-né qui s'appelait tantôt : *Envoyez la purée,* et tantôt : *Cœur de vierge.* Et le plus pénible, c'est que j'étais obligé de le lire, car il m'interrogeait. « Alors, mon petit Jean-Marie, que pensez-vous de ma duchesse ?

— Elle est très bien observée.

— Voilà le mot. Quand vous écrirez — cela arrivera bien un jour — rappelez-vous : l'observation, c'est tout le secret. »

Quelquefois, il m'emmenait dans sa Bentley à quelque rendez-vous d'affaires. J'étais là, non pas pour faire honneur au festin mais pour enregistrer soigneusement les propos qui s'échangeaient très librement, grâce à l'euphorie des repas. Je les notais, en rentrant. Marceau les étudiait en grommelant : « Farceurs !... Ils me prennent pour qui ? »

Ensuite, je l'entendais au téléphone. « Mais voyons, cher ami, vous m'avez bien dit que... Mais si, vous l'avez dit... Ah, comme ça, oui, d'accord. Vous êtes tout excusé. Tout le monde peut faire une erreur ! »

Peu à peu, j'apprenais la vie, la vraie. Je me rappelais tous ces versets de l'Écriture où il est question de mauvais riches, de fornicateurs, de larrons et de prostituées. Moi, je voyais de près les malfrats, ce qui est tout différent ou, si vous voulez, c'est la même canaille avec le baisemain en plus. Et le mot de Renan me revenait en mémoire. « La vérité est peut-être triste. » Je dois beaucoup à ce pauvre Marceau. Il est mort d'un infarctus, un verre de champagne à la main, comme son héros de *Faut pas confondre, poulet*. A ses obsèques, religieuses comme il se doit, il y avait la foule qui, d'habitude, accompagne les vedettes défuntes, sans parler de quelques anciennes maîtresses à la mine convenablement recueillie.

Quand on ouvrit son testament, il apparut que le richissime Marceau Langlois ne m'avait pas laissé un centime. En outre, ma situation était loin d'être claire. Secrétaire d'un écrivain décédé, qu'est-ce que j'étais, au juste? Un travailleur licencié, ou un employé démissionnaire? Si je n'avais pas été soutenu par Hélène, je ne sais pas ce que je serais devenu. Hélène, c'est ma femme. Je me suis marié l'an dernier. Je vous raconterai cela plus tard. Pour le moment... mais à quoi bon vous ennuyer avec le récit de mes pérégrinations de bureau en bureau?

Vous êtes à l'abri, vous. Oh! ce n'est pas un reproche! Le monde du chômage, voyez-vous, est un autre monde qui ne ressemble à rien de connu. Ce n'est pas le monde de la misère. C'est un monde d'où a disparu tout sentiment de solidarité. Un monde de paperasses, de rapports, d'imprimés à remplir, de pièces officielles à fournir. C'est l'asphyxie par l'attente, par le piétinement devant des guichets, la tête vide et les jambes tremblantes. La queue pour une signature, un coup de tampon? La queue pour un document en triple exemplaire. La queue pour... Mais je renonce. Vos repères ne sont plus les miens.

Par exemple, vous pourriez penser que je suis amer, ou humilié. Même pas. En forçant un peu le sens, je dirais que je suis hébété. Car je ne vois pas comment les choses pourraient changer. Je ne sais rien faire, du moins rien d'immédiatement monnayable. Je ne suis pas doué pour le travail manuel. Je ne suis pas assez diplômé pour être accepté dans une administration. J'ai les chiffres en horreur. Je ne possède pas la moindre notion de droit. Alors?...

Alors, je vis au ralenti, promis à un avenir sans

futur, comme un coquillage. Je touche 40 % de mon salaire plafonné. Non, je n'ai pas le courage de vous expliquer ce que ce mot signifie. Ensuite, pendant 274 jours, je ne toucherai plus que 35 % plus mes indemnités journalières (pendant les trois premiers mois seulement), plus mes congés payés, à raison d'un douzième du traitement. Il me semble, du moins, que je ne me trompe pas. Au bout du compte, je touche une somme qui n'est ni suffisante ni cependant dérisoire. Je suis comme un homme tombé à l'eau, sans cesse au bord de la noyade, mais encore capable de respirer, à condition qu'il n'y ait pas de vagues.

Heureusement, il y a Hélène. Mais ce sera pour demain. Toutes les pensées que je viens de remuer me font tourner la tête. Je vous écris d'un café. La tasse, la table de marbre, c'est solide, c'est réel. Depuis la mort de Marceau, je souffre, si j'ose dire, de troubles de la réalité. Il me semble que je fais un mauvais rêve, que je vais me réveiller et entendre sonner l'horloge de l'hôtel de ville, comme autrefois. Mais la porte de l'autrefois, je l'ai verrouillée. Reste devant moi la grisaille des jours.

A vous de tout cœur.

Jean-Marie

Mon cher ami,

Ma dernière lettre est du 15, je crois. J'avais l'intention de poursuivre mon récit sur la lancée. Encore un mot à rayer de mon vocabulaire. Tout ce qui évoque une idée de projet ou d'élan est un mensonge. La vérité, c'est que j'ai traînaillé, j'ai perdu mon temps à parcourir les journaux, en quête d'une improbable offre d'emploi. Armé d'un crayon rouge, j'encadre certaines annonces, je rumine, je suppute, j'évalue. Pensées vagues, espoirs flous. Je dérive d'une image à l'autre, d'une cigarette à l'autre, car, depuis que je ne travaille plus, je me suis mis à fumer. Je vais faire quelques courses, quand je m'aperçois qu'il est onze heures. Avant de partir, Hélène m'a bien recommandé de faire bouillir les pommes de terre et de réchauffer.... je ne sais plus... une viande quelconque ; c'est indiqué sur la liste qu'elle me laisse chaque matin.

Eh bien, soit. Je vais vous parler d'elle. Pendant une heure, je vais écrire, en buvant de temps en temps une petite gorgée de café crème. Le patron du bistrot ne peut s'empêcher de me regarder. Je le fascine. Il croit que je fais un roman. Quand il passe près de moi, il chuchote : « Ça va, m'sieur Quéré ? » Et il hoche la tête, comme quelqu'un qui connaît bien le grand tourment des écrivains.

Hélène ! Elle est née à Palluau, en plein pays chouan. Moi, comme vous le savez, je suis de Pontivy. Le Breton, la Vendéenne ! Tout nous rapprochait. Pourtant, pendant très longtemps, nous ne fûmes que des voisins de palier. Elle occupait une chambre en face de la mienne. Je la rencontrais rarement. Le matin, je partais après elle. Le soir, je rentrais après elle. Parfois, je l'apercevais dans le salon de coiffure où elle travaille, ou bien, le dimanche, quand elle allait à la messe. Si je n'avais pas été atteint d'une très grave bronchite qui me cloua au lit pendant trois semaines, peut-être n'aurions-nous jamais cessé d'être des étrangers l'un pour l'autre. Mais elle m'entendait tousser la nuit. La gérante lui apprit que j'étais malade et que personne ne s'occupait de moi. Elle vint à mon secours, gentiment et fermement, s'étonnant de mes pudeurs, en fille de la campagne qui a soigné des ribambelles de frères et de sœurs avant de se placer. « Allez ! Tournez-vous ! Non, le cataplasme n'est pas trop chaud... Ce que vous pouvez être douillet. Gardez-le un bon quart d'heure. Et ne trichez pas ! »

Je n'avais connu d'autre femme que ma mère. Celles que je rencontrais chez Marceau, peinturlurées comme des totems ou haillonneuses comme des gitanes ne m'inspiraient qu'une certaine répulsion narquoise. Hélène, c'était le naturel, la santé, la main qui apaise et guérit. Je m'émerveillais, quand elle entrait dans la chambre. En un clin d'œil, mon désordre de célibataire était maté. Les choses filaient doux. Moi-même je ne demandais qu'à obéir.

Un jour, elle rencontra Marceau qui était venu prendre de mes nouvelles. En réalité, il voulait savoir si je serais bientôt en état de retourner au bureau. Comme il n'était jamais malade, dès que quelqu'un flanchait dans son entourage, il le traitait de mauviette et de tire-au-cul. C'était, je m'en excuse, son expression favorite. Il fit grande impression sur Hélène. La pauvre, elle est, comme moi, de ceux que la fortune intimide. Et puis, elle admirait tellement Jean de Fréneuse. A peine fut-il sorti que j'entrepris, rageusement, de démolir le bonhomme et elle faillit se fâcher. Je compris, à ce moment-là, que j'étais amoureux.

Oui, c'est ainsi que tout a commencé. J'étais

amoureux dans la grogne et l'injure. Elle était trop bête, avec son Fréneuse de mes bottes. Quelle andouille ! J'allais lui redresser le goût, et dare-dare. Je lui prêtai quelques livres qui l'ennuyèrent. Nos relations s'espacèrent, par ma faute. Je ne me pardonnais pas d'être à ce point attiré par elle. J'étais tellement persuadé que la vie n'a aucun sens, qu'elle n'est qu'une fantasmagorie d'atomes ! Alors, l'amour, hein ?... Une escroquerie de l'instinct, rien de plus !

Et pourtant, je m'arrangeais pour être sur le chemin d'Hélène, le temps d'échanger une parole, un sourire. Après, je me traitais de tous les noms, ce qui était facile, car Marceau, dans ses colères, usait d'un inépuisable répertoire d'épithètes dont plusieurs me convenaient parfaitement.

Or, quelques semaines plus tard, Hélène tomba malade à son tour. Elle exerce un métier qui fatigue énormément les jambes, ce que j'ignorais, évidemment. Les coiffeuses, debout toute la journée, ont souvent, paraît-il, des varices. Obligée de rester allongée, elle accepta mes services, et je découvris l'autre Hélène, celle qui ne pouvait plus se pomponner, s'abriter derrière une élégance très sûre. Elle en souffrait. « Ne me regardez pas ! », disait-elle. Et justement, je la regardais, et j'étais ému, parce que c'était elle, la vraie Hélène. Je ne sais comment vous expliquer cela. Il y avait la jeune fille qui m'avait soignée, qui était venue chez moi, coiffée, parfumée et que j'avais eu envie, si souvent, de prendre dans mes bras. C'était... Comment dire ? Hélène-amour. Et maintenant, il y avait Hélène-affection, Hélène souffrante, qui acceptait d'être soulevée, adossée à l'oreiller, qui avait une voix un peu tremblante pour murmurer : « Merci. » Et l'affection m'était beaucoup plus facile que l'amour.

Pour être franc, l'amour m'a toujours effrayé. Je vous ai raconté l'épisode du zèbre égorgé, qui m'a tellement traumatisé. Il me semble qu'il y a aussi de l'égorgement dans l'amour, avec cette différence qu'on ne sait pas bien qui est la proie de l'autre. J'irai même jusqu'à avouer que le sexe me dégoûte. Cette sauvage signature que la nature nous a laissée au bas du ventre n'est-elle pas la marque même du fauve ? Tandis que l'affection, c'est la douceur, la confiance, bref, un abrégé ou plutôt un condensé de toutes les vertus que je ne posséderai jamais, mais que je respecterai toujours.

La confiance ? Elle brillait dans ses yeux. Vous ai-je dit qu'elle a des yeux bleus, des yeux « donnés » en quelque sorte, alors que les yeux noirs, comme les miens, sont faits pour les regards qui se réservent. Elle n'avait pas été gâtée par la vie, comme elle m'en fit confidence. Trois frères. Cinq sœurs. Une ferme trop petite pour nourrir toute la famille. De bonne heure, l'émigration vers la ville. Nantes d'abord. Ensuite, Paris. Moi, je fus beaucoup plus discret, d'abord parce que je suis d'un naturel « renfermé », comme on dit. Et puis je ne voulais pas l'instruire de mes conflits de conscience, surtout que je la voyais croyante à la manière vendéenne, sans concession. La foi du Chouan, ce qui va encore plus loin que celle du charbonnier.

Je lui parlai brièvement de ma famille, de mon père,

notaire. Je lui laissai entendre qu'entre les miens et moi tout n'allait pas pour le mieux. En résumé, les travaux d'approche ne durèrent pas longtemps. Nous avions besoin l'un de l'autre. Elle accepta de m'épouser, à une condition, cependant : elle se marierait en blanc, à l'église.

Cette exigence faillit tout compromettre. Je lui expliquai que j'étais athée et que je ne pouvais pas tricher. A la vérité, je lui jouai un peu la comédie de l'incroyant de bonne volonté qui voudrait bien croire mais qui n'en a pas reçu la grâce. Plus tard, peut-être ! De toute façon, je lui laisserais toute facilité pour pratiquer. Et à la longue son exemple, qui sait, finirait par m'entraîner.

Je vous jure que j'étais sincère. Il n'y a en moi aucun fanatisme. Je ne suis en rien un militant de la libre pensée. Hélène était fervente. Soit. J'irai même jusqu'à dire que cela ne me déplaisait pas. Je me sentais comme un voyageur transi qui cherche la chaleur. Dans l'espèce de dénuement moral où je me trouvais, l'amour d'Hélène était une chance inespérée. Nous nous mariâmes à Paris. De Londres, Marceau m'envoya un télégramme de félicitations assorti d'une promesse d'augmentation qui ne fut jamais tenue.

Je m'arrête là, mon cher ami. C'est assez pour aujourd'hui. Je vous reparlerai souvent d'Hélène car vous pensez bien que, depuis un an, les heurts entre elle et moi ont été nombreux. Je ne croyais pas que cette question de religion allait faire problème. Cela semble tellement démodé ! Et pourtant...

Au revoir, mon cher ami. Je rentre pour m'occuper

de la cuisine. Au passage, j'achèterai du pain, de l'eau minérale, du café, etc. Un chômeur devient vite un garçon de courses.

A vous très amicalement.

Jean-Marie

Ronan entend sa mère, au rez-de-chaussée, qui téléphone.

« Allô... Je suis chez le docteur Mesmin ?... Ici, madame de Guer... Voudriez-vous avoir l'obligeance de dire au docteur qu'il veuille bien passer ce matin... Oui, il a notre adresse... Madame de Guer... G..u..e..r.. Dans la matinée. Oui. Merci. »

Quand elle téléphone, il s'en souvient, maintenant, elle prend cette voix haut perchée de maîtresse de maison qui minaude. Exaspérant. Et puis, elle va monter pour ouvrir les volets. Elle lui tâtera le front, le poignet.

« Comment te sens-tu ? »

Envie de lui crier : « Fous-moi la paix ! » Envie de leur crier à tous, la bonne, l'infirmière, le médecin : « Qu'on me foute la paix ! » Ça y est. Les marches de l'escalier craquent. En avant les baisers, la tendresse. Il a l'impression d'être son chiot, et si elle pouvait le lécher !...

Elle entre ; elle tire les rideaux et pousse les volets. Temps louche. L'hiver ne rend pas les armes. Elle trottine vers le lit.

— Mon petit a bien dormi ? Pas de fièvre ? Allons, ce ne sera peut-être rien...

Elle se penche, tout près du malade.

— Tu m'en auras causé, du souci !

Elle lui caresse la tempe, sursaute.

— Mais tu as des cheveux gris ! Ça m'avait échappé.

— Tu sais, maman, ce n'était pas la joie tous les jours.

Elle essaie de se rassurer.

— Il n'y en a que deux ou trois. Veux-tu que je te les arrache ?

— Ah non ! Je t'en prie. Laisse mes cheveux tranquilles.

Elle se redresse pour s'essuyer les yeux. Les larmes suintent de son visage comme d'une terre gorgée d'eau. Il a pitié, soudain.

— Allons, maman... Je suis revenu.

— Oui, mais dans quel état !

— Je vais me retaper. T'inquiète pas. Et, pour commencer, je vais prendre mes gouttes. Tu vois si je suis raisonnable !

Elle les compte, ajoute un morceau de sucre, le regarde boire et sa gorge remue comme si elle buvait elle-même.

— Le docteur va venir, dit-elle. Tâche d'être un peu plus aimable... Il a toujours été si gentil pour moi. Quand ton père est mort, je ne sais pas comment j'aurais fait, s'il n'avait pas été là. Il s'est occupé des démarches, de tout. Ce n'est pas lui qui nous aurait tourné le dos.

Rapide sanglot.

— Tu ne te rends pas compte, dit Ronan, mais tu

l'embêtes. Il m'a vu hier. Il m'a vu avant-hier. Il ne va tout de même pas venir tous les jours. Sans blague !

— Comme tu me parles, murmure-t-elle. Tu as bien changé.

— Bon. Bon. J'ai changé.

Ils s'observent. Ronan soupire. Il n'a rien à lui dire... Il n'a rien à dire à personne. Par-dessus les dix années qui viennent de s'écouler, il aperçoit, comme à travers une brume, ce qui était son univers familier. Il ne reconnaît plus rien. Les passants ne sont plus habillés comme autrefois. Les voitures n'ont plus tout à fait la même forme. Il n'a aucune envie de sortir. D'ailleurs, il n'en aurait pas la force. Seule, la maison est la même. Elle s'ajuste exactement à ses souvenirs. Elle sent l'encaustique comme jadis. C'est loin, jadis ! En ce temps-là, son père vivait, la vieille ganache ! Il régnait. On lui disait : vous. Le salon était plein de souvenirs qu'il avait rapportés de ses voyages et l'on voyait ses photos un peu partout, en petite tenue, en grande tenue, le capitaine de vaisseau Fernand de Guer. La retraite l'avait assommé. Plus personne au garde-à-vous, quand il entrait dans la salle à manger. Rien que sa femme, éperdue de respect, et ce fils ricaneur.

— Assieds-toi, maman. Quelquefois, je pense à mes amis. Qu'est-ce qu'il est devenu, Le Moal ?

Elle approche le fauteuil. Tout de suite, elle s'incruste. Le silence, tombé entre eux comme un rideau, se déchire. Elle pense que Ronan va enfin faire la paix. Et lui se rappelle l'époque où tout lui était bon pour narguer ce père tyrannique, « l'Amiral », comme disaient ses copains. A quatre ou cinq, ils avaient formé un petit groupe qui, la nuit, courait par la ville pour tracer au charbon, sur les murs, des inscriptions en faveur de la Bretagne libre. La police, discrètement, avait prévenu le vieil officier. Il y avait eu des scènes terribles et ridicules. Maintenant, Ronan se sent usé. Il a payé trop cher.

— Tu n'écoutes pas ce que je te dis, reprend sa mère.

— Quoi ?

— Il a quitté Rennes. Il est pharmacien, à Dinan.

Ronan imagine aussitôt Le Moal en blouse blanche avec un début de calvitie, débitant de la Blédine et de l'Ambre solaire. Lui qui, une nuit, avait accroché le drapeau breton au paratonnerre de l'église Saint-Germain. Triste !

— Et Nédellec ?

— Mais pourquoi me parles-tu d'eux ? Quand j'allais te voir, tu paraissais les avoir oubliés.

— Je n'oublie rien.

Ronan médite un peu.

— J'ai eu 3 650 jours pour me rappeler.

— Mon pauvre petit !

Il plisse le front et jette à sa mère ce regard en dessous qui provoquait la fureur de l'Amiral.

— Alors ? Nédellec ?

— Je ne sais pas. Il n'est plus à Rennes.

— Et Hervé ?

— Ah ! Celui-là, j'espère que tu ne le feras pas venir ici !

— Mais si, justement, j'ai des choses à lui dire.

Il sourit. Hervé, c'était le second, le fidèle lieutenant, celui qui ne discutait jamais.

— Qu'est-ce qu'il fabrique ?

— Il a pris la succession de son père. Quand tu

sortiras, c'est bien rare si tu ne vois pas passer un de ses camions, les « Transports Le Dunff ». Une très grosse affaire. Il a des bureaux un peu partout et jusqu'à Paris. Du moins, c'est ce que je me suis laissé dire, car ce garçon ne m'a jamais intéressé. Ton pauvre père ne pouvait pas le sentir.

Ronan enfonce sa tête dans l'oreiller. Il aurait mieux fait de ne pas déranger les fantômes. Le Moal, Nédellec, Hervé, les autres... Ils doivent avoir tous entre trente et trente-deux ans. Forcément ! Ils sont installés. Certains ont sans doute femme et enfants. Se souviennent-ils de leur jeunesse tapageuse, de leurs bagarres, de leurs expéditions nocturnes, des tracts qu'ils affichaient sur les rideaux baissés des boutiques. *F. C. vainra*. F. C., le Front celtique. Oui, l'un d'entre eux, de temps en temps, doit bien s'en souvenir. Avec gêne, probablement, à cause de la mort de Barbier.

— Laisse-moi, murmure-t-il. Je suis fatigué.

— Mais tu prendras bien ton petit déjeuner ?

— Je n'ai pas faim.

— Le docteur a dit...

— Je l'emmerde.

— Ronan !

La voilà debout, scandalisée, aussi furieuse qu'elle est capable de l'être.

— Où te crois-tu ?

— Encore en tôle, soupire-t-il.

Et il se tourne vers le mur. Il ferme les yeux. Elle s'en va, son mouchoir sur la bouche. Enfin ! La solitude. La vieille maîtresse qui, elle, ne trahit pas. Tout ce qu'il a enduré ! Tant de révoltes étouffées parce que chaque jour ne peut être un jour de refus et de haine. Il faut bien se résigner, en attendant le moment de la libération. Et ce moment est arrivé et alors la maladie a frappé tandis que l'autre — mais où est-il ? — mène sa petite vie bien paisible. Ce n'est certainement pas le remords qui l'empêche de dormir.

Il aurait fallu frapper au sortir même de la prison. Tandis que, maintenant, les semaines vont s'écouler ; peut-être les mois. Ce qui aurait été considéré comme un acte désespéré de justice deviendra, forcément, un acte méprisable de vengeance. Tant pis ! Et puis quoi ? La prison, ce n'est pas si terrible. Ronan s'y promène encore en rêve. Supportable, la cellule. Agréable, la bibliothèque. Il y a beaucoup travaillé. Il y a même passé des examens. On le traitait bien. On le plaignait un peu. Quand il aura abattu le monstre, il retrouvera ses habitudes... la courte promenade quotidienne, le parloir de temps en temps, les livres à étiqueter et à classer.

Évidemment, il ne sera plus un « politique » mais un « droit commun ». Sa mère n'aura plus qu'à vendre la maison et à se terrer quelque part, à la campagne. Peut-être les journaux s'empareront-ils de son cas pour regretter les remises de peine et les libérations trop hâtives ! Mais tout cela compte si peu ! Est-ce que l'important n'est pas d'être en paix avec sa conscience ? Les images défilent, se chevauchent, provoquant un début de somnolence.

« Je déconne », pense Ronan, paresseusement. Il s'endort, le nez sur la tapisserie.

C'est le médecin qui le réveille. Il est vieux. Tout est vieux, ici. Depuis la mort de l'Amiral, le temps s'est figé comme dans un musée.

— Il ne mange rien, dit la mère. Je ne sais plus quoi lui faire.

— Ne vous inquiétez pas, chère Madame, dit le docteur. Ces maladies-là sont fort longues, mais on en vient à bout.

Il prend le poignet de Ronan, fixe un point au plafond, sans cesser de parler.

— Si l'on est sage, on devrait bientôt se sentir mieux.

Il ne regarde pas le malade, profère des banalités pour masquer la répugnance qu'il éprouve à l'égard d'un criminel dont le nom appartient à la bonne société. « On » est bien peu intéressant. « On » n'a que ce qu'on mérite.

— Est-ce qu'il dort bien ?

— Pas très, dit-elle.

Ils s'entretiennent tous les deux à voix basse, un peu à l'écart.

— Vous lui donnerez un fortifiant que je vais vous indiquer.

Ronan est furieux. Il a envie de crier : « J'existe, bon Dieu ! Ma maladie est à moi, pas à ma mère. » Le docteur retire ses lunettes, les essuie avec une peau de chamois. Encore une ordonnance. Encore des remèdes, des fioles, des comprimés. La table de chevet déborde déjà de médicaments.

— Il faut attendre, conclut le praticien. L'hépatite, surtout quand elle revêt sa forme la plus sérieuse, comme celle-ci (il évite les yeux de Ronan, se contente de désigner du doigt le ventre coupable), c'est toujours quelque chose qui peut amener des complications. Mais pour le moment il n'y a pas lieu de s'alarmer. Je reviendrai la semaine prochaine.

Il s'en va, après un mouvement de tête qui ressemble à un vague salut adressé à la chambre, aux murs, à l'espace où se promène sans doute le virus. Sur le seuil, nouvelle messe basse, et puis une phrase qui se détache.

— Dites-lui qu'il ne doit pas se lever, docteur. Il vous écoutera peut-être.

Le docteur prend un air offensé.

— Bien sûr, qu'il ne doit pas se lever.

La porte se referme. Les pas s'éloignent. Aussitôt, Ronan rejette les couvertures et s'assoit au bord du lit. Puis il se met debout. Ses jambes le portent à peine. Il éprouve dans les mollets le tremblement des grimpeurs qui vont dévisser. Il fait un pas, deux pas. Ce sera dur d'aller jusqu'au téléphone. Le couloir, l'escalier, le salon... C'est loin, presque inaccessible. Et pourtant, il faut qu'il téléphone à Hervé. Ce qu'il a résolu, il doit l'accomplir. Mais il ne pourra se passer d'Hervé. Il attendra que la vieille Hortense soit sortie. Quant à sa mère, comme chaque vendredi, à cinq heures, elle ira dire son chapelet à la cathédrale. La maison sera vide. Si je me casse la gueule dans l'escalier, pense-t-il, je tâcherai de regagner mon lit à quatre pattes.

Il s'appuie au dossier du fauteuil, reste immobile un long moment, testant ses jambes. Elles s'affermissent un peu. C'est la tête qui ne va pas, qui commence à tourner. Une voix lui souffle : « Il y a le temps. Tu le retrouveras toujours. » Mais il n'aurait plus aucune raison de vivre s'il remettait à plus tard son projet. Cela s'use, un projet ! Chaque jour qui passe le décape, l'amenuise. Non ! C'est maintenant, c'est tout de suite, qu'il faut vouloir. S'il a été un détenu modèle, n'est-ce pas uniquement pour mériter une libération anticipée ? Et cette libération enfin obtenue, il s'accorderait des délais? Et, pendant ce temps, le Quéré jouirait paisiblement de toutes ces choses dont il avait, lui, été si horriblement privé : le ciel jusqu'à l'horizon, le vent de mer, la lande à perte de vue, l'étendue, la distance, la fuite des routes, l'ailleurs!...

Dix ans de vie, les meilleurs, jetés à la poubelle. Catherine morte. Est-ce que cela ne vaut pas une balle dans la peau? Et encore, une balle, pour Quéré, ce serait trop facile. S'arranger pour qu'il connaisse, lui aussi, la détresse quotidienne, l'angoisse de la nuit qui vient, de l'insomnie qui met la chair et l'âme à vif, comme un cilice. Faire durer la petite mort, faire couler les sueurs du désespoir. Et même, il serait bon qu'il supplie avant de succomber; qu'il sache d'où vient le coup.

Ronan ferme les yeux. Il se jure de guérir. Il va s'appliquer à revivre pour avoir la force de détruire celui qui l'a détruit.

Il se recouche. Il s'interdit de goûter la joie de ne plus sentir le poids de ses membres. Il veut entrer en vengeance comme d'autres entrent en religion. Chaque minute va compter. Et d'abord le situer. Où se cache-t-il? Mais est-ce qu'il se cache? Jusqu'où a-t-il pu pousser l'impudence? Hervé saura. Il a toujours été débrouillard, Hervé. Est-ce que le Front celtique existe toujours? Est-ce que les jeunes ont pris la relève? Ce serait amusant de chercher des contacts du côté des groupuscules qui, sous des noms divers, entretiennent une agitation dont les échos parvenaient jusque dans la prison.

Mais quand il a été arrêté, ces autonomistes avaient quoi? Dix ans? Douze ans. Qui se souviendrait de lui? Et d'ailleurs, est-il sûr qu'ils défendent la même

Bretagne ? Interroger Hervé. Il doit savoir. Consentira-t-il à venir ? Est-ce qu'il porte toujours cette barbe en collier qu'il trouvait si poétique ? Il est peut-être devenu une espèce de P.-D.G. qui n'aura pas un seul instant à lui consacrer.

Ronan a vu des photos représentant des animaux préhistoriques conservés intacts dans la glace de l'Arctique. Il a le sentiment d'être une de ces bêtes. Gelé dans le froid de la prison, pour lui, le temps n'a pas compté. Les autres ont vieilli. Lui a toujours vingt ans. Ses passions, ses fureurs, ses révoltes, retrouvent la chaleur qu'elles avaient au moment de son ensevelissement. Il est complètement déphasé. Il revient sur terre avec un retard de dix ans. C'est pourquoi il se promet de ne pas confier son projet à Hervé. « Tu tiens à ce qu'on remette la main sur Quéré ? dirait Hervé. Mais, mon pauvre vieux, c'est de l'histoire ancienne. Laisse tomber. Qu'est-ce que tu lui veux à Quéré ? — Je veux le tuer ! » Ronan imagine le dialogue, l'effarement d'Hervé. Ce serait drôle. Ronan a ses raisons qu'il a affûtées jour après jour, nuit après nuit ; elles lui sont si personnelles qu'il serait sans doute incapable de les communiquer avec leur charge d'évidence, leur tranchant. Peut-être sembleraient-elles folles à qui n'aurait pas été enfermé avec elles pendant une éternité. Hervé ne doit se douter de rien. Mais pourvu qu'il vienne !...

Il y a juste l'escalier à descendre, le salon à traverser. Et sa mère, entre lui et le téléphone, plus soupçonneuse qu'un maton. « Pourquoi veux-tu téléphoner ? Je peux le faire à ta place, si tu y tiens tant. »

Sur ses pauvres guiboles flageolantes, il est plus vulnérable, plus désarmé qu'un gosse qui cherche à dissimuler une bêtise. Il essayera de mentir et elle le saura d'instinct. Alors, par toutes sortes de questions, d'allusions, de sous-entendus, elle tournera inlassablement autour de ce qu'on veut cacher. Elle est comme ça, patiente, infatigable, faussement effacée. Cette hépatite, quelle aubaine ! Ce garçon insupportable, qui tenait tête à tout le monde, le voilà terrassé. On peut, maintenant, le dévorer d'amour à petites bouchées.

Ronan s'aperçoit qu'il rabâche. Il regarde l'heure. Onze heures. Le pas léger, dans l'escalier. Il va falloir encore discuter au sujet du déjeuner. Elle ne tiendra aucun compte de ce qu'il désire, imposera avec une obstination souriante son menu à elle, le menu qu'elle a comploté avec le docteur, dans un chuchotement de confessionnal.

Ronan se donne un air d'extrême épuisement. Puisqu'elle l'embête, il lui fera peur. Donnant donnant. Il surprend dans les yeux gris comme le tressaillement de l'angoisse et il a honte d'avoir gagné. Il accepte d'avance potage, légumes, compote. Les lois de leur petite guerre ont été respectées. Mais à une condition. Elle lui apportera ses albums de photographies.

— Tu vas encore te fatiguer.

— Non. Je t'assure. J'ai envie de me replonger dans tout ça.

— Tu ne peux donc pas rester tranquille ?

— Si tu refuses, j'irai les chercher moi-même.

— Ah ! ça, par exemple, jamais de la vie ! Voyons, mon petit ça ne peut pas attendre ?

— Non.

Il mange. Elle surveille. Quand il a fini, elle fait mine d'emporter le plateau.

— Mes photos !

Elle n'ose pas dire d'un air étonné : « Quelles photos ? », pour ne pas provoquer sa colère. Elle cède.

— Pas plus d'une demi-heure, décide-t-elle.

— On verra.

Elle l'a aidé à se caler sur l'oreiller. Elle se retire lentement, avec son plateau. Elle a tout de suite deviné pourquoi il désirait ses albums. Pour contempler l'image de Catherine, pardi ! Pour se faire du mal. Et c'est vrai qu'il va se faire du mal. La souffrance l'aidera à se traîner jusqu'au téléphone. Il commence par les photos qu'il a prises avec son vieux Kodak, un appareil chipé à l'Amiral qui ne pouvait plus sortir à cause de ses rhumatismes. En ce temps-là, il faisait bon rouler à bicyclette au printemps, quand les voitures n'encombraient pas encore les routes. On allait pêcher dans la Vilaine ; le château de Blossac, le voilà, justement, un peu voilé... Le temps de pose avait été mal calculé... les berges de la rivière, à Pont-Réau... et encore la Vilaine, à Redon, la rive le long de laquelle flânaient les chevesnes...

Ronan laisse couler l'album entre ses genoux. Il rêve. Il fait siffler sa canne à mouche. Il sent encore dans son poignet les soubresauts du poisson ferré. Il la connaît par cœur, la Vilaine. Et aussi la Mayenne. En pensée, il se promène dans les vieilles rues de Vitré, la rue d'Embas, la rue Beaudrairie ; il traverse le Pont-Neuf, à Laval, entend passer sur le viaduc le rapide de Paris. Il a des souvenirs de soleil, de pluie ; de fringales assouvies dans des bistrots champêtres. C'était ça, son pays. Pas le folklore, pas les pardons pour estivants, pas... Mais comment faire comprendre aux gens ce que cela signifie : « Je suis chez moi ! L'air que je respire est à moi. Je veux bien que vous veniez en invités. Pas en propriétaires ! »

Ronan reprend son album. Rien que des paysages. Il a évité tous les sujets de cartes postales. Mais il a saisi, d'un objectif de plus en plus habile, des étangs perdus dans les bois, des roches préhistoriques à demi enfouies dans les ajoncs et les fougères. Au Kodak succède le Minolta. Les images sont de plus en plus savantes. Elles ont capté le gris de l'air, une certaine façon pour le vent d'ouest de mêler les ombres et les lumières, ce quelque chose d'indicible qui point le cœur. S'appeler Antoine de Guer ! Avoir commandé à la mer et n'avoir jamais senti cela ! Un Antoine de Guer républicain ! Vieille bête ! Ronan se remémore leurs querelles. C'est en face de ce père crispé sur ses galons, ses médailles, son honneur d'officier fidèle au régime, qu'il est devenu ce solitaire obstiné, et sauvage.

Il s'interroge. La politique, il s'en fout. Ce n'est pas cela qui compte. Ce qui est important, c'est la différence. Il n'a jamais très bien su tirer au clair cette notion. Mais il est assuré que cela signifie une certaine manière de durer, donc de s'opposer, donc d'être fidèle, exactement comme le paysan l'est au prêtre, le prêtre à l'Église, l'Église au Christ. Et encore ce n'est pas tout à fait cela. Il s'agit d'une fidélité encore plus profonde et en quelque sorte minérale, celle du château à la colline qui le porte, une façon de peser, de barrer le chemin. Ronan, autrefois, s'était inventé une devise, quand il était en quatrième. *Oncques ne passera.*

C'était absurde, mais elle l'avait enchanté par sa violence paisible. Elle a conservé toute sa force.

Il ouvre le deuxième album et tout de suite ce sont les images qui réveillent dans son ventre une douleur qui ne s'apaisera jamais. Déjà, dans sa cellule, elle le tenait souvent éveillé, bougeant comme un fœtus. Les larmes lui montent aux yeux. Catherine ! Il l'a photographiée partout où ils s'arrêtaient dans leurs randonnées. Catherine devant des calvaires, Catherine en maillot de bain, sur la plage, à Saint-Malo ; Catherine sur la vedette de Dinard, ou bien, en barque, sur la Rance. Partout Catherine souriante, un peu échevelée, garçonnière. Il y a des photos plus artistiques, de vrais portraits, qui la montrent en gros plan, tantôt rêveuse, tantôt enjouée, la joue creusée d'une fossette sur laquelle il a si souvent posé ses lèvres. Tant de souvenirs ! Et c'est à cause de lui qu'elle s'est tuée ! « Quand elle s'est vue enceinte, a dit le Procureur, elle a perdu la tête. Comment aurait-elle pu lier sa vie à celle d'un criminel ? Comment aurait-elle accepté de donner pour père à son enfant un assassin ? »

Abruti ! Des mots ! Des mots ! Il ignorait qu'elle était enceinte quand tout est arrivé. Il l'a appris après. Trop tard. Elle avait laissé un billet : *J'attends un enfant. Je ne peux pardonner à Ronan le mal qu'il me fait.* Ronan, les yeux clos sur sa peine, revoit la salle des assises, son avocat réclamant l'indulgence du jury, tentant l'impossible.

— Ronan de Guer, avez-vous quelque chose à ajouter pour votre défense ?

A peine s'il a entendu le juge. Non, il n'a rien à dire. Le commissaire qu'il a abattu d'un coup de revolver, il s'en fiche. Puisque Catherine est partie sans pardonner, rien n'a plus d'importance. Quinze ans de réclusion ? Et alors ? Qu'est-ce que ça peut faire ? « Cathy ! Je te jure ! Si j'avais su... Si tu m'avais dit... » Chaque jour, dans sa tête, il regarde Catherine. Il s'explique. Il plaide. Pouvoir remonter le temps, disposer autrement les événements ! S'il n'avait pas été dénoncé, personne ne l'aurait soupçonné, et l'oubli serait venu. Il aurait épousé Catherine comme un soldat démobilisé qui rentre au pays. Il referme lentement l'album. Il pense aux légendes qui l'effrayaient, quand il était petit : les âmes errantes, les âmes en peine, qui attendent des vivants le geste qui leur donnera le repos. « Cathy, je te promets... »

Il repousse les draps. Sa résolution le soutient. En s'appuyant aux meubles, il s'avance d'un pas hésitant vers son bureau qui ouvre sur la chambre, petite pièce carrée où, tout jeune, il faisait ses devoirs, où, plus tard, il écrivait ses lettres d'amour. Le bureau est exactement dans l'état où il l'a quitté, menottes aux poignets et sa mère n'a touché à rien. Elle s'est contentée d'essuyer, de passer l'aspirateur, en attendant son retour.

Sur la table, il y a encore un livre d'Anatole Le Bras, et le signet qui marquait la page. Il y a les cartes routières, le calendrier indiquant la date de son arrestation. Dans un cadre, il y a aussi une petite photographie de Cathy, que sa mère n'a pas osé enlever, malgré l'animosité qu'elle a toujours éprouvée pour l'intruse.

Ronan s'assied dans le fauteuil ; il regarde autour de lui. C'est le bureau d'un garçon de vingt ans, le phono, la raquette, le modèle réduit d'un thonier de Concarneau, sur la cheminée ; ses livres aimés, dans la bibliothèque, Saint-Pol Roux, Chateaubriand, Tristan Corbière, Vercel. Mais surtout, dans l'encoignure, entre la bibliothèque et la chaise, ses cannes à mouche, ses musettes. Personne n'a eu l'idée de regarder là. Il se lève, écoute. Silence partout. Il s'empare d'une des musettes, desserre la patte de cuir qui la ferme. Sa main fourrage, sent le moulinet, les bobines contenant les soies de rechange, et, tout au fond, le paquet enveloppé dans une peau de chamois. Il le retire et l'ouvre avec précaution. Le 7, 65 est là, intact, encore gras dans la main. Ronan retire le chargeur, fait tomber la balle engagée dans le canon. Il appuie sur la détente, écoute le claquement du percuteur. L'arme est comme neuve ; seule, manque la balle qui a tué le commissaire Barbier.

D'un mouvement sec de la paume, il remet en place le chargeur, enveloppe l'arme et la cache au fond du sac. Il imagine la tombe : *Jean-Marie Quéré — délateur*. Mais avant il faut guérir.

Cher ami,

J'ai bien reçu votre longue lettre. Merci. Vous me dites : « Vous croyez avoir lâché la main de Dieu, mais elle est là, traçant devant vous le chemin que vous avez l'ambition de parcourir seul » Soit ! Je n'ai plus le courage de discuter. Est-ce la main de Dieu qui m'a conduit chez Langlois, où j'ai perdu mes dernières illusions ? Est-ce elle qui m'a poussé vers Hélène, pour mon plus grand tourment ? Car vous avez mille fois raison de me dire que j'aurais dû lui avouer la vérité. Mais justement, sans y prendre garde, vous avez écrit « avouer », comme si j'avais commis un crime. Ce sont les voleurs et les assassins qui passent aux aveux. Je me suis tu ! Ce n'est pas la même chose. Cependant, oui. J'aurais dû. Et pourquoi ne l'ai-je pas fait ? Parce que j'ai tiré un trait sur mon passé. Malheureusement, à chaque instant, cette pauvre Hélène, sans le savoir, s'ingénie à lui rendre vie. Hier encore, elle est rentrée en retard.

« Je me suis arrêtée à la chapelle des Augustins,

m'a-t-elle expliqué. J'ai allumé un cierge pour que tu trouves du travail. »

Quand j'entends cela, j'explose en dedans. Comme s'il pouvait y avoir un rapport entre un cierge et un emploi ! Mais elle insiste :

« Est-ce que j'ai eu tort ? »

Je suis lâche. Je hausse les épaules sans répondre. Il me revient à la mémoire que moi aussi, autrefois, j'ai offert des cierges. J'ai envie de lui dire : « Tu vois où ça m'a conduit ! » J'aime mieux me taire, et je me tais de plus en plus souvent, séparé d'elle par des déserts de lectures et de réflexions. Par chance, elle est bavarde. Elle passe d'une idée à l'autre comme un canari qui, sans raison, sautille de perchoir en perchoir. Quand elle s'en va, après une dernière retouche à son maquillage, coup d'œil sur le profil gauche, coup d'œil sur le profil droit — et, dans la glace à trois faces, examen critique de sa silhouette vue de dos — je reste étourdi et soulagé. A moi, enfin, le silence. J'allume une cigarette, je tournicote dans la cuisine, traînant la savate, peu pressé de laver et de ranger la vaisselle. Il y a du flou dans ma tête, des effilochures de pensée, une brume de paresse et l'impression oppressante que j'ai le temps, tout le temps.

L'inaction, au début, c'est comme une anémie. Si je m'assois dans la bergère, je n'ai plus assez d'énergie pour me lever. Je déplie le journal, mais pas tout de suite à la page des offres d'emploi. Je lis d'abord les faits divers, puis je passe à l'éditorial. Je parcours la page des sports, les programmes de la télévision, incapable de me concentrer. Un chômeur, mon cher ami, c'est un homme éparpillé. Enfin, je m'arrête aux pages des annonces, mais sans le moindre battement de cœur, car je sais d'avance qu'il n'y a rien pour moi.

Je n'arrive même pas à traduire en langage clair certains termes trop techniques. Qu'est-ce que c'est qu'un analyste programmeur ? Ou un chef de groupe ? Ou un opérateur de saisie ? Pour moi, un opérateur de saisie, c'est quelqu'un armé d'une pince ou d'un crochet et vaguement semblable à un gladiateur. L'image du gladiateur attire comme un aimant celle du cirque, puis celle du Colisée, puis celle de Rome. Mon dernier voyage à Rome... c'était en ?... Et me voilà perdu dans mes catacombes pour une errance qui me fait oublier l'heure. Comment clore et cadenasser la mémoire ? Il y a toujours quelque part une imperceptible fissure par où glissent les fumées nauséabondes du souvenir.

Je m'ébroue. Voyons ! Comptable ? Pas question. Représentant ? Il faut un aplomb que je ne possède pas. Agent de contrôle ? Mais pour contrôler quoi ? Alors que je ne me contrôle pas moi-même. Pupitreur ? Télexiste ? Coursier ?... La vérité, c'est qu'une force sournoise me retient. Tout se passe comme si je n'étais pas pressé de trouver. Je me sens au chaud dans un cocon de non-vouloir, de non-sentir, et de non-penser. Si j'étais le diable, j'accrocherais à la porte de l'enfer la pancarte : *Do not disturb*.

Je plaisante, mon cher ami, mais sans joie, croyez-moi. Bien entendu, je suis inscrit sur les listes de demandeurs d'emploi. J'ai accompli toutes les démarches, donné toutes les signatures. « Il ne faut rien laisser au hasard », dit Hélène. Alors que je n'ai jamais été plus qu'aujourd'hui le jouet du hasard. Qui voudra de moi ? J'ai quarante-deux ans. C'est l'âge de la ménopause pour un travailleur. J'attends. Pas encore dans l'angoisse parce que nous avons quelques économies, mais déjà dans la crainte du lendemain, des budgets difficiles. Et surtout une pensée lancinante : Qu'est-ce qui peut me retenir sur la pente où je commence à glisser ?

Je suis prêt à lutter, ou plutôt à me débattre, pour conserver un emploi. Mais pour en obtenir un, que faut-il faire ? A qui s'adresser ? Dans la rue, je croise des hommes comme moi. Ils vont droit devant eux ; ils balancent leur attaché-case. Ils sont pressés. Au bout de leur chemin, ils trouvent un bureau. Ils donnent des ordres et en reçoivent. Ils sont « reliés ». Semblables à des gouttes de sang qui circulent dans un organisme nourricier.

Moi, je suis un kyste. Je sens cela d'autant plus fort que, pendant toute ma vie, j'ai été pris dans un réseau serré d'obligations ; peut-être un peu moins quand je travaillais chez Langlois, mais, même alors, je gardais les yeux fixés sur le carnet de rendez-vous. Malheur à qui n'a plus ne fût-ce qu'un simple calendrier à consulter. Ce que je trouve, sur l'ardoise de la cuisine, c'est la liste des commissions.

Encore une fois mon cher ami, je ne cherche pas à provoquer votre compassion. Je veux seulement vous aider à jeter un regard neuf sur le monde qui vous entoure. Jusqu'à présent, vous l'avez vu à travers des livres. Quand nous nous sommes séparés, vous prépariez, je crois, un ouvrage sur les Béatitudes. « Heureux les pauvres... », etc. Eh bien, c'est faux. Ils ne sont pas heureux. Ils ne le seront jamais, parce qu'ils sont trop fatigués. Oh ! ce n'est pas votre faute si vous n'avez pas l'expérience de cette lassitude-là. Moi, je la lis sur les visages de ceux qui attendent, devant des guichets. Les cadres, bien propres, encore très dignes, faisant semblant d'être là comme en passant, pour obtenir un simple renseignement, mais l'air fuyant, la main nerveuse. Et puis les autres, souvent très jeunes, allumant une cigarette à l'autre, affichant une insouciance tapageuse, et quand retombe l'exaltation, restant prostrés.

Oui, nous sommes fatigués. Pas écœurés, pas haineux, pas flapis, c'est ça que j'aimerais vous faire comprendre. Cette fatigue-là, c'est une sorte d'état de distraction. Je m'aperçois que, depuis le début de cette trop longue lettre, c'est cela, la vérité que j'essaye d'attraper. Imaginez ce qu'on éprouve quand on hésite avant de répondre et qu'on finit par dire : Ça m'est égal ! « Qu'est-ce que tu veux manger ? — Ça m'est égal ! » « Aimerais-tu que nous allions nous promener ? — Ça m'est égal ! » Il me semble que seuls pourraient nous comprendre, derrière leurs barreaux, les animaux qui rêvent, qui ne voient pas les passants, qui bâillent, les yeux mi-clos. Le jour, on dort à moitié. La nuit, on ne peut trouver le sommeil. On se dit qu'un clochard, c'est quelqu'un qui est allé jusqu'au bout du chômage. Pourquoi pas moi ?

Hélène revient. Elle me raconte sa matinée. Un salon de coiffure, c'est véritablement un des carrefours les plus animés de la ville. On y parle aussi bien de la crise, du prix du pétrole, que de la mode du prochain hiver ou de la meilleure manière de nourrir les chats. On y échange des adresses de bouchers, de dentistes ou de tireuses de cartes. On compare les marques de café, les souvenirs de voyage. L'Espagne est plus agréable que l'Italie, mais rien ne vaut la Grèce !

« J'ai demandé à Gaby si elle avait du nouveau pour toi. »

Gaby, c'est une petite shampouineuse qui est la maîtresse d'un contremaître dans une entreprise de construction. Ce contremaître, paraît-il, connaît bien le gendre du patron. Il pourrait me trouver une place dans « les bureaux ». Les bureaux, ça n'est rien de très précis, pour Hélène. C'est un endroit un peu magique où un homme instruit a sa place marquée d'avance. Or, je suis pour elle un homme instruit qui a eu le privilège de fréquenter des vedettes chez Jean de Fréneuse. Elle est éperdue d'admiration quand je lui dis — sans y mettre la moindre ostentation, bien sûr — que j'ai déjeuné un jour avec de Funès.

« Mais attention... J'étais loin de lui, et pas à la même table. »

Elle n'écoute pas.

« J'espère, dit-elle, que tu lui as demandé un autographe ?

— Je n'y ai pas pensé.

— Tu ne sais pas y faire, poursuit-elle. Tous ces gens que tu as connus, ils ne pourraient pas te caser quelque part ?

— Un secrétaire ma pauvre Hélène, ça ne pèse pas lourd.

— Quand même ! Tu n'es pas le premier venu. »

Elle m'embrasse, pour me donner confiance.

« On trouvera. Tu verras. Le mari de Denise, il est resté sept mois sans travail et pourtant c'est un bon électricien. On finit toujours par se débrouiller. Seulement, il ne faut pas jeter le manche après la cognée. »

Nous déjeunons et elle repart. Après la vaisselle et un rapide coup de balai, j'écris quelques lettres. Je m'adresse à des directeurs de cours privés. Je crois, en effet, que le seul travail à ma portée, c'est celui de professeur. Enseigner la grammaire et l'orthographe à des gamins d'une douzaine d'années, c'est tout à fait dans mes cordes, et les cours privés ne manquent pas. Ils portent tous des noms flatteurs et un peu intimidants. C'est pourquoi j'use d'une plume circonspecte. Je ne dois pas donner l'impression d'être un vulgaire quémandeur. Je ne dois pas non plus paraître trop sûr de moi, surtout que mes diplômes ne pèsent pas bien lourd. Est-il habile de signaler que j'ai été pendant longtemps le secrétaire d'un écrivain célèbre ? La réputation de Langlois n'a probablement pas de quoi séduire les responsables des cours Anatole-France ou Paul-Valéry.

Au bout de deux lettres, la tête bourdonnante de phrases essayées, biffées, recommencées, je m'arrête, écœuré. On ne prendra même pas la peine de me répondre. Il y a en ce moment, j'en suis sûr, des dizaines de postulants qui tentent aussi leur chance et qui ont plus de titres que moi. Je vais, malgré tout, poster mes lettres. Je me promène un peu, par hygiène, exactement comme on va promener son chien. Parfois le sentiment de mon inutilité m'accable. Je m'arrête devant une vitrine ou au bord du trottoir. J'ai soudain mal à l'âme, comme un amputé souffre du membre qui a été coupé. La foule passe, indifférente. Je ne suis le prochain de personne, sauf peut-être du patron de ce petit bistrot où j'ai mes habitudes.

« Ça va, m'sieur Quéré ? Il avance, ce bouquin ?

— Pas très vite.

— Qu'est-ce que vous voulez ! L'inspiration, hein,

ça ne se commande pas... Qu'est-ce que je vous sers ? Un petit calva ? Vous verrez ! Ça va vous donner des idées. »

Je bois un calva pour lui faire plaisir, parce qu'il me regarde avec amitié. Hélène n'en saura rien. Si elle savait que je trinque avec l'Auvergnat, elle serait horriblement mortifiée. Elle est fière de moi, la pauvre. C'est pourquoi, quand je lui dis que je suis prêt à accepter n'importe quel travail, elle se fâche. Elle a, d'une manière toute simple et un peu rustique, un sentiment aristocratique de l'honneur. Il y a des choses qui ne se font pas, voilà tout. Boire un calva sur le zinc, c'est renoncer à toute dignité. Son échelle des valeurs vous surprendrait. Être coiffeuse, c'est bien. Être coiffeur, c'est ridicule. Être vendeuse, c'est bien. Être vendeur, ça fait « larbin ». Etc. J'essaye souvent de la raisonner. Elle boude. Elle dit : « Je ne suis pas instruite, moi ! », pour me mettre dans mon tort. Et l'instant d'après, elle rit, elle se jette à mon cou. « Je suis une paysanne, tu sais ! » Un jour, je vous raconterai Hélène. Sentir que je suis écouté, vous ne pouvez savoir à quel point cela me réconforte.

A bientôt. Peut-être à demain, si la vie m'est trop lourde.

Affectueusement vôtre.

Jean-Marie

Ronan entend la voix d'Hervé, dans l'escalier.

— Je ne resterai qu'une minute. Je vous le promets, madame. D'ailleurs, on m'attend.

Les pas s'arrêtent. Chuchotements. De temps en temps, la voix d'Hervé : « Oui... Bien sûr... Je comprends... » Elle doit se suspendre à son bras, l'accabler de recommandations. Enfin, la porte s'ouvre. Hervé se tient sur le seuil. Derrière lui, se dissimule à demi la frêle silhouette en deuil.

— Laisse-nous, maman. Je t'en prie.

— Tu sais ce que le médecin a dit.

— Oui... Oui... Ça va... Ferme la porte.

Elle obéit avec une lenteur qui traduit bien sa réprobation. Hervé serre la main de Ronan.

— Tu as changé, dit Ronan. Tu deviens gros, ma parole. Quand on s'est vus la dernière fois... Voyons... Ça doit faire neuf ans, hein ?... A peu près. Assieds-toi. Enlève ton manteau.

— Je ne veux pas rester longtemps.

— Ah ! commence pas ! Ce n'est pas ma mère qui décide, tu sais. Assieds-toi. Et surtout ne me parle pas de ma captivité.

Hervé retire son léger pardessus de demi-saison. Il porte en dessous un tweed élégant. Ronan l'observe d'un coup d'œil vif : au poignet, la montre en or; à l'annulaire, une grosse chevalière. La cravate de grande marque. Les attributs de la réussite.

— Tu n'inspires pas la pitié, reprend Ronan. Ça marche, les affaires ?

— Pas trop mal.

— Explique. Ça m'amuse.

Ronan a retrouvé le ton d'autrefois, mi-enjoué mi-sarcastique ; et Hervé se soumet, avec un petit sourire qui signifie : « Je veux bien jouer le jeu, mais pas trop longtemps ! »

— C'est tout simple, dit-il. Après la mort de mon père, j'ai créé, à côté de l'entreprise de déménagement, une entreprise de transports.

— Quels transports, par exemple ?

— Tout... Le fuel... La marée... Je couvre non seulement la Bretagne, mais la Vendée, une partie de la Normandie. J'ai même un bureau à Paris.

— Fichtre ! dit Ronan. Tu es ce qu'on appelle un homme arrivé.

— J'ai travaillé.

— Je n'en doute pas.

Un silence.

— Tu m'en veux ? demande Hervé.

— Mais non. Tu as gagné beaucoup d'argent. C'était ton droit.

— Oh ! je sais ce que tu penses, dit Hervé. J'aurais dû aller te rendre visite plus souvent. C'est bien ça ?

— Plus souvent !... Tu n'es venu qu'une fois.

— Mais rends-toi compte, mon pauvre vieux. Il faut faire une demande, qui suit une voie hiérarchique compliquée, qui aboutit à une enquête. « Pourquoi désirez-vous parler au prisonnier? Indiquez vos raisons d'une façon précise, etc. ». Ta mère pouvait te voir souvent. Elle était ta seule famille. Mais moi...

— Toi, murmure Ronan, tu avais autre chose à faire. Et puis, pour ton commerce, il valait mieux que tu gardes tes distances. Un condamné, c'est une relation gênante.

— Si tu le prends sur ce ton, dit Hervé.

Il se lève, va jusqu'à la fenêtre, soulève le rideau et regarde dans la rue.

— Elle doit s'impatienter, remarque Ronan.

Hervé se retourne et Ronan sourit innocemment.

— Comment s'appelle-t-elle?

— Yvette, dit Hervé. Mais comment sais-tu que...?

— Comme si je ne te connaissais pas. Vieille crapule! Allez, assieds-toi. Autrefois, tu les gardais trois mois. Combien de temps va-t-elle durer, cette Yvette?

Ils rient, soudain complices.

— Je vais peut-être l'épouser, dit Hervé.

— Pas possible!

Ronan s'amuse franchement. La porte s'entrouvre. Un coin de visage. Un œil.

— Ronan... Ne m'oblige pas à...

— Tu m'embêtes, crie Ronan. Laisse-nous tranquilles.

De la main, il fait semblant de repousser la porte.

— Ce qu'elle peut être fatigante, dit-il à Hervé.

— Est-ce que c'est très sérieux, ce que tu as? Ta mère m'a raconté des choses inquiétantes.

— C'est une hépatite évolutive. Ça rend malade

comme un chien et quelquefois on y laisse sa peau ; c'est vrai.

— Est-ce que c'est à cause de ça qu'on t'a libéré ?

— Non, bien sûr. On a simplement pensé qu'au bout de dix ans j'étais devenu inoffensif. On m'a donc gracié. L'hépatite, c'est par-dessus le marché. J'en ai encore pour des semaines.

— Tu dois t'ennuyer ?

— Pas trop. Pas plus que là-bas. Je songe à écrire un livre... Ça t'épate ?

— J'avoue que..

Ronan se redresse sur l'oreiller. Il regarde Hervé d'un air rusé.

— Tu penses que je n'ai rien à raconter, n'est-ce pas ? J'ai beaucoup à dire, au contraire. Sur les années qui ont précédé l'affaire. J'ai envie d'expliquer aux gens en quoi consistait notre mouvement.

Hervé le regarde avec inquiétude. Ronan continue, les yeux au plafond, comme s'il se parlait à lui-même.

— Nous n'étions pas des voyous. Il faudrait quand même qu'on se mette bien ça dans la tête. Nous n'étions pas non plus des illuminés.

Il se tourne brusquement vers Hervé, lui saisit le bras.

— Franchement ?

— Oui, bien sûr, accorde Hervé. Mais tu ne crois pas qu'il vaudrait mieux laisser dormir toute cette histoire ?

Ronan ricane méchamment.

— Ça t'ennuierait, hein, si je racontais nos réunions, nos expéditions nocturnes ; tout, quoi. Vous auriez pu me soutenir, au tribunal. Mais vous m'avez laissé tomber... Oh ! je ne t'en veux pas !

— J'ai eu peur, murmure Hervé. Je ne pensais pas que les choses tourneraient si mal.

— Tu veux dire que tu ne prenais pas notre action tout à fait au sérieux ?

— Oui. C'est bien ça. Et tu vois... Je vais être tout à fait franc. Quand je suis allé te voir à la prison... tout ce que tu m'as confié... sur Catherine... sur Quéré... ça m'a démoli... C'est pour ça que j'ai renoncé à revenir. Mais maintenant, c'est fini. C'est du passé.

Un coup de klaxon retentit dans la rue.

— Bon Dieu ! C'est Yvette. Elle s'impatiente.

Hervé court à la fenêtre, se livre à une mimique compliquée, pointe l'index sur sa montre pour signifier qu'il n'oublie pas l'heure, revient, l'air affairé.

— Excuse-moi, mon vieux. Tu vois comme elle est !

— Si je comprends bien, dit Ronan, tu prends la fuite... Encore une fois.

Hervé s'assied. Il hausse les épaules.

— Engueule-moi un bon coup, dit-il, si ça doit te soulager. Mais dépêche-toi. Tu as quelque chose à me demander ? Alors, vas-y !

Ils s'observent en ennemis, mais Ronan élude l'affrontement. Il sourit avec un rien de moquerie.

— Je t'ai fait peur, dit-il. Mon projet de livre n'a rien pour te plaire. Je me mets à ta place. Mais rassure-toi. Ce n'est qu'un projet. Je n'ai pas l'intention, au fond, d'être désagréable avec mes compagnons d'autrefois. J'ai deux choses à te demander, deux petites choses. D'abord, je voudrais avoir une photo de la tombe de Catherine. Je venais d'être arrêté quand elle... quand elle est morte. Et tu vois dans quel état je suis, maintenant. Pas question pour moi d'aller au cimetière. A qui pourrais-je m'adresser ? Pas à ma mère. Tu la vois, photographiant une tombe ! Et surtout celle-là ! Elle mourrait de honte.

— Compte sur moi. C'est promis.

— Merci... La seconde chose... Je voudrais l'adresse de Quéré.

Cette fois, Hervé se fâche.

— Ça non, s'écrie-t-il. Tes conneries vont recommencer ! Où veux-tu que je la prenne ? Hein ? Il y a belle lurette qu'il n'est plus ici.

— Trouve-le. Ça ne doit pas être tellement difficile.

— Pourquoi as-tu besoin de son adresse ? C'est pour lui écrire ?

— Je ne sais pas encore. Ce n'est pas impossible.

Nouveau coup de klaxon, prolongé. Hervé se lève. Ronan le retient par la manche.

— Tu me dois bien ça, dit-il très vite, comme s'il avait honte.

— Bon. D'accord. A bientôt et soigne-toi bien.

Ronan paraît détendu, tout à coup, et presque joyeux. Au moment où Hervé atteint la porte, il lui lance :

— Qu'est-ce que tu as, comme bagnole ?

— Une Porsche.

— Veinard !

La vieille dame est là, sur la première marche de l'escalier.

— Comment l'avez-vous trouvé ? demande-t-elle anxieusement.

— Pas trop mal.

— Il a tellement maigri.

Elle descend devant Hervé, à pas menus.

— Vous avez de la chance, reprend-elle. Avec vous il est plus bavard qu'avec moi. (Elle soupire.) C'est tout le caractère de son père. Est-ce que vous comptez revenir ?

— Je pense, oui.

— Ne le faites pas trop parler. Ça le fatigue.

Elle l'accompagne jusqu'à la porte de la rue et referme doucement derrière lui, comme une sœur tourière. Hervé prend place dans la voiture et, rageusement, claque la portière. Yvette se remaquille.

— Je te retiens ! C'est ça que tu appelles trois minutes ?

Elle parle du bout des lèvres, tortillant sa bouche devant son miroir.

— Et en plus, ajoute-t-elle, tu as l'air furieux.

Hervé ne répond pas. Il démarre sèchement, se dirige vers la place de la gare, tisonnant ses vitesses, doublant sans précaution.

— Doucement ! proteste Yvette.

— Excuse-moi, dit-il. Ce bougre de Ronan m'a foutu en rogne.

Il ralentit, se range adroitement devant le *Du Guesclin,* aide la jeune femme à sortir. Le chasseur leur ouvre la porte. Sourire complice. Hervé est un familier de la maison. Le maître d'hôtel, empressé, leur indique une table un peu à l'écart.

— Repos, soupire Hervé. Ça va mieux.

— Pourquoi fais-tu cette tête ? Vous vous êtes disputés ?

— Non, pas exactement.

— Raconte.

Elle se penche vers lui, câline et émoustillée.

— Raconte vite. Tu m'as seulement dit que c'était un copain qui sortait de prison. Alors, la suite !

— Garçon, appelle Hervé, deux martinis.

Il appuie la main sur celle de sa compagne.

— Qu'est-ce qu'il a fait ? reprend-elle. Il a volé ?

— Il a tué, murmure Hervé.

— Oh ! Quelle horreur ! Et tu fréquentes cet individu ?

— Nous avons été de bons amis.

— Quand ?

— Il y a une dizaine d'années. Et même bien avant. Nous avons été au lycée ensemble, de la sixième à la philo, avant d'aller en fac. Je l'admirais beaucoup.

— Pourquoi ? Tu ne devais pas être plus bête que lui.

Le garçon apporte les martinis. Hervé lève son verre, le regarde pensivement comme s'il consultait une boule de cristal.

— C'est compliqué, dit-il. Ronan, c'est le type qui t'attire et te repousse à la fois. Quand tu es avec lui, tout ce qu'il fait, tout ce qu'il dit, tu approuves. Et dès que tu te retrouves seul, tu n'es plus d'accord. Si tu veux, il se fait du cinéma et tu marches à tous les coups, mais après, tu te dis : « C'est dingue ! » Quand il a eu l'idée du Front celtique, nous étions quatre ou cinq qu'il a empaumés.

— C'était quoi, le Front celtique ?

— Une espèce de petite ligue comme il y en a tant. « La Bretagne aux Bretons », tu vois le genre. Mais c'est tout de suite allé loin. Ronan, je ne sais pas comment il se débrouillait, s'était procuré de l'argent et même des armes. Quand il veut quelque chose, il est terrible. Nous autres, on avait l'impression de jouer à la petite guerre, aux gendarmes et aux voleurs.

Pas lui. Fichtre non ! Il nous fallait distribuer des tracts, coller des affiches.

— C'est passionnant.

— Jusqu'à un certain point. Quand on a commencé à plastiquer des transformateurs, à rosser des flics, j'ai senti que tout ça finirait mal.

— Mon pauvre chou ! Toi, tu rossais des flics ? Je ne te crois pas.

— On était des gamins, dit Hervé. On s'excitait les uns les autres. Et puis on avait la tête pleine des tirades de Ronan. On se battait pour la Bretagne libre.

Le maître d'hôtel leur tend le menu, s'apprête à écrire.

— Choisis, dit Yvette.

Hervé, pressé de reprendre le fil de ses confidences, commande des huîtres, deux soles et une bouteille de muscadet.

— Alors ? dit Yvette, dès que le maître d'hôtel s'est éloigné.

— Alors ? Eh bien, on allait au coup dur et la catastrophe est arrivée. A l'époque, tu avais quoi ? Neuf ans, dix ans ? Tu ne peux pas t'en souvenir. Et pourtant, l'affaire a fait du bruit. Barbier ? Ça ne te dit rien ? Il venait d'être nommé commissaire divisionnaire. Il arrivait de Lyon, considérait les autonomistes comme de la racaille et s'était engagé publiquement à les mettre au pas. Je laisse de côté les détails, les déclarations à la presse, etc. Ce que je sais, en revanche, c'est que le père de Ronan l'approuvait hautement. Entre le commandant et Ronan, ça chauffait dur. Tu imagines la tête du bonhomme — un officier à cinq galons, décoré et tout, quand Ronan déclarait devant lui, à table de préférence, que Barbier était un con et qu'il se trouverait bien quelqu'un pour lui faire son affaire.

— Et ça a été lui? demande Yvette, la fourchette suspendue.

— Attends! Pas si vite. D'abord, Barbier a coffré quelques imprudents, les plus gueulards. Ça n'était pas encore bien méchant. Et puis, un jour, il y a eu, à Saint-Malo, une manifestation qui a mal tourné. Une ridicule histoire de choux-fleurs répandus sur la chaussée. D'où bagarres. On ne sait jamais comment ça va finir. Bref, un mort. Un marin pêcheur tué d'un coup de revolver. Barbier explique la chose à sa façon, dit qu'il y avait des provocateurs dans la foule et dénonce certains groupes d'agitateurs, dont le Front celtique, qui n'y était pour rien, je peux te l'assurer. A partir de ce moment-là, je ne sais pas très bien ce qui s'est passé. Je n'ai même pas soupçonné Ronan, quand Barbier a été tué. Quand nous avons appris, mes amis et moi, qu'il venait d'être arrêté et qu'il avait avoué, nous avons été catastrophés.

— Il ne vous avait pas prévenus?

— Hé non! Si nous avions su ce qu'il préparait, nous aurions essayé de le retenir. Mais il a toujours été très secret. Et puis, il devait bien se douter que nous ne serions pas d'accord. Abattre un policier! Je ne sais pas si tu te rends compte. Nous nous sommes faits tout petits.

— Et vous n'avez pas été inquiétés?

— Non. Les choses sont allées trop vite. Trois jours après le crime, Ronan a été dénoncé. Une lettre anonyme. Il a avoué tout de suite. Et aussitôt après, son amie, Catherine Jaouen, s'est suicidée.

— Quelle horrible histoire !

— Elle était enceinte. Elle a perdu la tête.

— Mais enfin, voyons... Ce Ronan...

— Il l'ignorait. Elle ne l'avait pas encore prévenu. S'il avait su qu'elle était enceinte, il se serait tenu tranquille. Il l'adorait. Elle était tout pour lui.

— Drôle de manière d'aimer les gens.

Hervé sourit tristement.

— Tu n'y es pas, dit-il. Ronan est un passionné. Il a toujours tout fait avec fureur. Quand il aime, quand il déteste, c'est à la folie. Et puis il y a autre chose qu'il ne faut pas oublier. Il avait soigneusement préparé son coup et il estimait qu'il ne risquait absolument rien.

— On dit ça. Et puis, tu vois.

— Non, non. Je persiste à croire qu'il s'en serait tiré s'il n'avait pas été dénoncé.

— Pourtant, si je te suis bien, personne n'était au courant ?

Hervé vide son verre, s'essuie longuement la bouche.

— Parlons d'autre chose, dit-il. Tout cela est si loin, maintenant !

— Encore une petite question, dit Yvette. Vous n'avez pas été inquiétés, mais la police s'est bien un peu occupée de vous ? J'imagine que vous étiez plus ou moins fichés.

— Bien sûr. Mais Ronan a affirmé qu'il n'avait pas eu de complices ; ce qui était vrai. Il a tout pris sur lui.

— C'était bien le moins.

Hervé, agacé, secoue la tête.

— Tu ne peux pas comprendre. Ronan est tout le contraire d'un salaud.

— Tu l'admires !

— Sûrement pas... Du moins, plus maintenant.

— Mais tu recommences à le fréquenter. Moi, à ta place, je laisserais tomber.

Hervé pétrit une boule de mie de pain. Il songe.

— Vois-tu, murmure-t-il, le salaud, c'est moi. J'aurais dû aller témoigner en sa faveur. Je ne l'ai pas fait. Oh ! je sais. Ça n'aurait rien changé. Il aurait quand même écopé de quinze ans de réclusion. Mais moi, je me sentirais acquitté... Qu'est-ce que tu désires, comme dessert ?

— Ton ami...

— Non. C'est fini. On ne parle plus de lui. Je prendrais bien une glace et un café très fort. Et pour toi ?... Un morceau de tarte ?... Allez ! Oublions ! La vie, c'est maintenant.

Il se penche et embrasse Yvette sur l'oreille.

Cher ami,

J'ai pris, maintenant, l'habitude de vous écrire. Pardonnez-moi si je vous inonde de ma pauvre prose. Dans la grisaille de ma vie, le seul moment où je me retrouve un peu est celui que je vous consacre. Je ne m'adresse pas à vous — je suis sûr que vous le comprenez — pour me plaindre, mais il me semble qu'à travers mon cas c'est celui de milliers, de dizaines de milliers d'hommes de mon âge, que je décris. L'important n'est pas de subir, mais de voir en face ce que l'on subit ; on meurt en dedans, sous l'écorce, comme un tronc rongé par les vers.

Si j'étais célibataire, peut-être résisterais-je mieux. Et encore je n'en sais rien. Peut-être aurais-je déjà renoncé à me défendre. Mais il y a Hélène, qui me soutient, qui m'encourage, et qui pourtant doit se dire parfois : Quel homme est-ce donc ? Comme si je ne mettais pas assez d'acharnement à me battre ! Il y a, entre nous, ce point douloureux. On évite de l'aborder. Ce n'est encore qu'une ecchymose de l'amour.

Demain, cela risque d'être un hématome inguérissable.

Je vois bien ce qui apaiserait Hélène. Elle voudrait me convertir, je crois vous l'avoir dit. Elle attend de moi la seule preuve de bonne volonté que je suis incapable de lui donner. Il nous arrive de nous accrocher violemment. Elle me reproche de ne pas prier avec elle, de lui laisser en quelque sorte tout le poids du travail spirituel. Comment ne sentirais-je pas que ce qu'elle pense confusément, c'est que je lui laisse aussi la charge de notre vie matérielle. Je n'essaye pas de discuter. Il est bien suffisant que je sache, moi, à quoi m'en tenir. Si je juge sa foi dérisoire, c'est mon affaire. Mais voyez le paradoxe : chacun de son côté estime que l'autre souffre d'une espèce d'infirmité, si bien que nous ne sommes jamais vraiment accordés.

Moi, hélas, je suis devenu l'homme du doute et c'est certainement pourquoi je n'ai aucune confiance dans les démarches que j'entreprends chaque jour. Parfois, j'ai l'impression de jouer au jeu de l'oie : il faut sans trêve revenir à la case « Départ », et là il faut rédiger encore et encore le même *curriculum vitae*.

Nom. Prénoms. Lieu et date de naissance. Obligations militaires accomplies où et quand ? Éventuellement, grade. Permis de conduire. Numéro, date, lieu... Ensuite, il faut passer aux études et diplômes, signaler si on parle couramment une ou plusieurs langues vivantes. Ensuite, il faut préciser la situation de famille et puis récrire dans le détail les activités professionnelles. Cela tourne au strip-tease et ce n'est pas fini, car il faut aussi donner des références morales. Et j'en oublie. Comme toutes ces paperasses s'en iront au panier je m'en tiens à quelques renseignements sommaires que je recopie comme un robot. Je sais d'avance que le premier coup de dés m'enverra au puits ou à la prison, ou à la case qui renvoie au « Départ ».

Et l'absurde partie recommencera. Et pendant ce temps l'argent file. Nous ne faisons pourtant aucune folie. Autrefois, j'achetais des livres. Maintenant, je m'en prive. Je trouve plus simple d'aller à Beaubourg et de feuilleter distraitement quelques magazines. J'ai perdu le goût de l'étude. Pourquoi, d'ailleurs, étudierais-je ? Il me suffit d'atteindre le bout de la journée, en laissant derrière moi un sillage de mégots. Ce qui me console, c'est que les chômeurs sont de plus en plus nombreux autour de moi. Nous nous reconnaissons à je ne sais quels signes mystérieux. Nous échangeons quelques mots ; ça ne va jamais jusqu'aux confidences parce que les confidences font mal et que personne, au fond, ne s'intéresse plus à personne. Mais il y a le plaisir furtif de la rencontre. « Ah ! vous aussi ! » Et chacun suit son chemin qui ne mène nulle part. Cette indifférence, qui gagne lentement le cœur, je me dis souvent que c'est la pire forme de la violence.

Je me rappelle, quand j'étais à Rennes, je discutais souvent avec des jeunes gens qui avaient formé une sorte de société secrète, aux buts assez fumeux. Ce qu'ils dénonçaient en premier lieu, c'était justement la violence qu'ils subissaient de la part de leurs familles, de leurs maîtres, de l'État tout-puissant. Une violence insidieuse, subtile, une sorte de pesanteur paralysante qui les privait de leur liberté et contre laquelle ils se révoltaient.

« Il faut faire sauter le couvercle ! » prétendaient-ils. Je note, en passant, qu'ils y sont bien parvenus que leur entreprise a fini tragiquement.

Mais cette violence sournoise, qu'ils avaient raison de dénoncer — je m'en suis aperçu trop tard — n'est pas la plus insupportable. On est écrasé, on se bat, très bien ! Mais quand on ne sait plus qu'on est écrasé ? Quand tout l'humain a giclé comme un noyau hors de son fruit et qu'on n'est plus qu'une peau vide ?

J'en suis là. Hélène se lève, se coiffe, se farde, fait chauffer le café, et soudain elle n'est plus qu'une silhouette sans consistance. Inutile de tendre les bras. Elle est hors d'atteinte. Il y a ainsi des jours et des nuits où elle est à côté de moi sans être jamais avec moi. Elle dit que je devrais réagir. Sinon gare à la dépression. Réagir, ça veut dire quoi ? Tout le monde sait bien que le chômage ira en augmentant, et que la machine sociale se coince de plus en plus. Mais Hélène vit dans une espèce de zone de frivolité, au contact de femmes dont le seul souci est la beauté. Elle n'a pas le temps de lire les journaux, et quand elle écoute la radio, c'est pour s'intéresser aux concours. Le monde, pour elle, ne pose aucun problème. Il y a Dieu, le *bien,* le *mal.* Il est entendu que le bien aura toujours le dernier mot. Quand les choses vont mal, il faut s'abriter sous le parapluie de la prière. Le pire ne dure jamais longtemps. Les guerres s'achèvent ; les pestes s'épuisent. La vie trouve toujours le moyen de se faufiler et de vaincre.

Je serre les poings. Je me contiens comme je peux. A ma place, Langlois aurait déjà gueulé : « Mais, bon Dieu, quand on est dans la merde, on peut toujours dire que la vie est belle ! »

Pardon, cher ami. Je vous offense. Surtout que vous

êtes, pour toutes sortes de bonnes raisons, du côté d'Hélène. Mais Hélène et moi, de plus en plus, nous appartenons à deux espèces différentes. Je ne lui reproche pas ses croyances sommaires. Ce que je lui reproche — d'une manière qui me remplit de honte —, c'est de faire partie de la catégorie des privilégiés, de ceux qui sont assurés de travailler toujours, parce que les femmes auront toujours soin de leur chevelure ; tandis que moi, je sens que je suis un prolétaire, un assisté, quelqu'un qui ne sait pas comment s'y prendre pour appeler au secours. Quand je pense à mon enfance protégée, à toutes ces années durant lesquelles j'étais assuré du lendemain ! Et puis, j'ai voulu cela, dans l'ignorance de ce qui allait m'arriver. J'étais fier d'avoir choisi ma voie. J'étais comme un engagé volontaire qui n'a pas encore tâté de l'ignominie des tranchées. La chair à canon, la chair à chômage, c'est la même. Avec, pour moi, cette circonstance aggravante que je souffre d'être mal habillé, que je n'aime pas être tutoyé, et que je déteste les Gauloises.

« Encore un petit calva, m'sieur Quéré. »

Je ne refuse pas, parce que l'alcool est secourable. Nous autres, les mutilés du travail, nous avons tellement besoin de chaleur !

Au revoir, cher ami. Je rentre pour cuisiner un peu. J'ai acquis un joli tour de main sur les frites.

A vous fidèlement.

Jean-Marie

P.-S. Je trouve, en rentrant, votre lettre. Mille fois merci. Oui, j'irai voir, aujourd'hui même, ce M. Didisheim. Je ne suis pas sûr d'être l'homme qu'il lui faut. Mais j'essayerai. Je suis décidé à faire l'impossible. Votre recommandation aplanira toutes les difficultés. Je ne sais comment vous exprimer ma gratitude. Encore merci.

Ronan est assis dans le fauteuil, près de la table de chevet. Il souffre du flanc droit. Il est humilié de se sentir si faible. Ce n'est pas un vautour qui lui bouffe le foie. C'est pire. Ça fourmille. Ça démange. Ça grignote. Il pense à une bidoche grouillant d'asticots. Il se masse ; il se gratte. Sa mère, aidée de la vieille servante, refait son lit.

— Tirez bien sur le drap, dit-elle. Ronan n'aime pas les plis.

Il regarde l'heure à sa montre dont le bracelet tourne autour de son poignet amaigri. Si Hervé n'est pas en retard, il ne devrait plus se faire attendre.

— Là ! C'est prêt. Veux-tu que je t'aide ?

— Mais non, grogne-t-il. Je pourrai tout seul.

Il enlève sa robe de chambre et se laisse glisser dans le lit. Bien-être. Il ne pèse plus rien, comme un nageur qui fait la planche. Sa mère le regarde d'un air sévère.

— Tu as mal ? Je vois à tes yeux que tu as mal.

— Bon. J'ai mal. Tu es contente ? Aïe, aïe, aïe ! Qu'est-ce que j'ai mal !

— Ronan ! Pourquoi es-tu si méchant ?

— Ce n'est pas moi qui ai commencé.

Il a répondu violemment, comme s'il donnait un coup de dents. Elle s'éloigne. Il se radoucit pour dire :

— Pas de conciliabules avec Hervé. Qu'il monte directement. Il ne restera pas longtemps.

— Vous allez continuer à vous voir régulièrement ?

— Pourquoi pas ? Il faut bien qu'on me raconte la ville.

— Tu crois que je n'en serais pas capable ?

— Ce n'est pas pareil. Vous ne voyez pas les mêmes choses. Tiens ! C'est lui qui sonne. Va vite.

Hervé a été rapide. La photo, c'était facile. Mais huit jours pour réunir les renseignements sur Jean-Marie Quéré, c'est vraiment très fort. Ronan se sent plein de bienveillance pour son ami. Il tend la main à Hervé.

— Alors ?

Hervé donne une petite tape sur son attaché-case.

— Tout est là !

— La photo d'abord, murmure Ronan.

Sa voix s'enroue. Une mauvaise sueur lui mouille les tempes.

— J'en ai fait quatre, dit Hervé.

Il sort une enveloppe de son attaché-case, s'apprête à l'ouvrir.

— Donne.

Ronan déchire l'enveloppe et regarde la première photo. Une simple dalle de granit. Des lettres déjà pâlies par le temps.

Catherine Jaouen
1950-1970
Dieu ait son âme

Des fleurs fraîches au pied de la tombe et, en travers, l'ombre d'un cyprès. Ronan ferme les yeux. Il respire comme s'il avait couru. Catherine vient de mourir entre ses doigts.

— Ronan !... Mon vieux !

La voix d'Hervé vient de très loin.

— Attends, chuchote Ronan, attends... Ça va passer. Aide-moi à me remonter.

Aidé par son ami, il s'adosse à l'oreiller, essaye bravement de sourire.

— Ça fiche un coup, tu comprends.

Il regarde les trois autres photos, prises avec un recul qui permet de découvrir l'allée, les tombes voisines.

— Merci, dit-il. Pour celles-ci, tu aurais dû choisir un autre objectif. Le fond est un peu flou.

Il saisit la main d'Hervé avec une sorte de tendresse bourrue.

— C'est quand même très bien. Tu t'es bien débrouillé.

Sa voix dérape un peu.

— Maintenant, ajoute-t-il, il va falloir vivre avec ça !

— Si je peux..., commence Hervé.

— Non. Tais-toi.

Le silence est tel qu'on entend un froissement d'étoffes, derrière la porte.

— Écoute, souffle enfin Ronan. Ces photos, tu vas les cacher dans la bibliothèque, à côté. Tu verras le bouquin de Vercel que tu aimes... tu sais... *Capitaine Conan*... Mets-les dedans. Vas-y en douce. Qu'elle ne se demande pas ce qu'on fabrique.

Hervé, sur la pointe des pieds, passe dans le

bureau. Il le connaît par cœur. Il y est venu tant de fois. Les yeux fermés, il trouve le roman de Vercel. Mission accomplie. Ronan hoche la tête en signe de satisfaction.

— Parle-moi de Quéré, dit-il.

— C'est bien ce que je pensais, explique Hervé, en retirant de son attaché-case une feuille tapée à la machine. Il habite à Paris, rue...

Il consulte la feuille.

— Rue de Verneuil, sur la rive gauche. C'est une rue que je ne connais pas. Il est marié.

— Le salopard !

— Sa femme travaille dans un salon de coiffure. Elle s'appelle Hélène.

— Mais comment as-tu fait pour obtenir tous ces renseignements ?

— Comment peut-on faire, quand on n'a pas le temps d'enquêter soi-même ?

— Un détective privé ?

— Exactement. Ça n'a pas traîné. Il ne lui a fallu que quatre jours pour situer Quéré. Ils sont habiles, ces gens-là. Et ne va pas t'imaginer que Quéré se cache. Pas du tout. Il vit au grand jour avec sa bonne femme. En ce moment, il cherche du travail.

— Du travail ! dit Ronan. Si ça fait pas rigoler ! Les flics auraient pu l'embaucher comme indicateur... C'est tout ce que tu as, comme tuyau ?

— C'est tout. Qu'est-ce que tu voudrais savoir encore ?

— Comment est-il ?... Est-ce que je pourrais le reconnaître ?

Hervé sursaute.

— Le reconnaître ? Dans l'état où tu es ?... Tu n'as pas l'intention de... ?

— Bien sûr, bien sûr, dit Ronan. C'est une idée comme ça. Autrefois, il était rasé. Mais maintenant, il s'est peut-être mis à la page. Je le vois avec une belle barbe... Hein ?... Une belle barbe, qu'est-ce que tu en penses ?

Il rit et laisse voir, pendant une seconde, son visage d'enfant. Hervé est ému.

— Oui, dit-il. Une belle barbe. Mais ne t'agite pas. Tu as ce que tu voulais. Alors j'espère que tu vas rester tranquille.

— Il y a longtemps qu'il est marié ?

— Cela ne figure pas dans le rapport.

— Est-ce que ton policier pourrait se enseigner davantage ? A mes frais, bien entendu.

— Non, proteste Hervé. Cela me regarde. Je pourrai le lui demander. Mais où cela te mènera-t-il ? Qu'est-ce que tu es en train de manigancer ?

— Oh ! rien, dit Ronan. Quand on est bouclé dans un chambre, tu sais, on a le temps de rêver. J'aimerais qu'il sache que j'ai été libéré ; c'est tout. Je voudrais que ça l'embête. S'il cherche du travail, il a autant de loisirs que moi. Ça m'amuserait qu'il ressasse en même temps que moi le passé. Ça nous ferait du bien à tous les deux. Non ? Tu n'es pas d'accord ?

— Mon pauvre vieux, ça ne te rendra pas Catherine.

— Nous ne parlerons plus jamais de Catherine, murmure Ronan.

La douleur accentue la maigreur de son visage. Hervé attend un peu, puis se lève.

— Excuse-moi. Je suis un peu bousculé.

— C'est vrai, dit Ronan, ironiquement. Tu es un businessman. Toujours sur la brèche. Je me rends bien compte que je t'embête.

— Pas du tout.

— Tu vas souvent à Paris ?

— Oui. Notre bureau, là-bas, travaille bien. Mais, naturellement, je dois avoir l'œil.

Ronan se soulève sur un coude, prend un air mystérieux.

— Je fais confiance à ton policier, dit-il, mais ce qui me ferait le plus de plaisir, ce serait que toi, tu voies Quéré de tes propres yeux. Parce que toi, qui l'as bien connu, tu noterais des trucs auxquels un flic ne pensera pas... Comment il est habillé... s'il paraît soucieux... enfin tu pourrais comparer le Quéré d'aujourd'hui avec le Quéré d'autrefois.

— Décidément, c'est une idée fixe.

— Tu pourrais ?

— Non. Je n'aurai pas le temps.

— Dommage, soupire Ronan, en se laissant retomber. Tant pis. Alors je vais te demander... Je t'en prie. Ne refuse pas... Fleuris la tombe pour moi. C'est l'affaire d'une heure. Tu peux me donner une heure ?

— Oui, quand même.

— Bon. Prends l'argent dans l'armoire.

— Non. C'est moi qui...

— Ne discute pas. Cet argent, c'est celui de la prison. Eh bien, qu'il se transforme, maintenant, en roses, en œillets, en tout ce que tu voudras, pourvu que ce soit beau. D'accord ?

— D'accord.

— A bientôt !

Ronan suit des yeux Hervé. Jolie tête creuse,

Hervé ! Mais il a su découvrir l'essentiel. Rue de Verneuil... Avec cette adresse, on va le faire danser, le Quéré. Déjà, Ronan pèse les termes de sa première lettre anonyme. *On aura ta peau.* Ou bien : *On t'a retrouvé, ordure.* Quelque chose comme ça. Que ça lui enlève le sommeil. Pour commencer !

Mon cher ami,

J'ai donc rendu visite à M. Didisheim. J'ai bien vu que votre lettre l'avait prévenu en ma faveur, car il m'a reçu très aimablement. Or, les quémandeurs comme moi sont plutôt accueillis, d'habitude, comme des mendiants. Il m'a longuement interrogé, mais avec tact et gentillesse. Évidemment, je ne suis pas très facile à caser dans une entreprise comme la sienne. Je ne lui ai pas caché que je n'avais aucune expérience du commerce. Il s'en doutait, d'ailleurs, car vous lui aviez dit d'où je venais, ce que j'avais fait et ce que je désirais faire. Par égard pour vous, il ne voulait pas me confier une tâche subalterne mais, d'un autre côté, il n'avait pas le droit de prendre des risques en me plaçant à un poste dépassant par trop mes capacités.

Bref, il accepte de m'employer à l'essai comme gérant d'une « superette » qu'il va ouvrir place Jules-Joffrin, à Montmartre. Sachez qu'une « superette », dans le jargon du métier, c'est un tout petit supermarché, une petite grande surface, si j'ose dire. D'après lui, il est facile d'avoir l'œil à tout. Mon travail, en somme, consistera à contrôler et à tenir à jour la liste des produits les plus vendus, car ces magasins marchent à coups de statistiques. Je ne vais pas vous ennuyer avec toutes les explications qui m'ont été fournies et dont j'ai la tête pleine. Je commence la semaine prochaine. Cette superette se trouve assez loin de mon domicile, mais avec le métro...

M. Didisheim m'a emmené visiter. Il y a des calicots, au-dessus de l'entrée, qui annoncent l'ouverture prochaine des locaux, et un haut-parleur répand des musiques à faire frémir, mais il paraît que c'est indispensable. L'intérieur, vous pouvez l'imaginer : c'est une épicerie, quadrillée d'allées qui longent des talus de boîtes de conserve, des glacis de bouteilles, des alignements colorés de marchandises variées. Et je dois régner là-dessus !... C'est à ne pas croire. J'aurai quatre employés, trois femmes et un homme. Je disposerai d'un petit bureau, d'une machine à écrire et d'une petite calculatrice qui, déjà, me donne des sueurs froides. Mais je vous promets de faire tout mon possible. Je vous le dois. Je le dois aussi à Hélène. Passer de Marceau Langlois au Coca-Cola ; cela, c'est un peu vertigineux, bien sûr. Je me rappelle ces écrivains américains qui ont été tour à tour professeurs de danse, scénaristes, cow-boys, barmen, conducteurs d'autobus et bookmakers avant de connaître le succès. Je ne suis peut-être pas plus bête qu'eux. C'est ce que je me dis quand je pense, avec un serrement de cœur, à ce bunker de mangeaille que je vais commander.

Heureusement, j'aurai près de moi une personne avertie, Madeleine Sédillot détachée du grand supermarché de la Porte d'Italie. M. Didisheim me l'a présentée. Une cinquantaine d'années. L'air vaguement outragé d'une veuve qui connaît ses devoirs. Pas commode, paraît-il, mais efficace. D'emblée, elle a senti en moi le protégé de la direction ; nos rapports ne seront sans doute pas de tout repos. Mais, encore une fois, j'y mettrai du mien.

Hélène est ravie de me voir enfin occupé. Elle m'a acheté une blouse blanche, du genre blouse de pharmacien, quelque chose de sérieux, qui sent l'homme compétent, le spécialiste. Les prisunic, les supermarchés, c'est son affaire. Dès qu'elle a un instant de libre, elle va s'y promener à l'affût d'une bonne occasion. « Je t'aiderai. Tu verras, dit-elle. Le plus difficile, c'est d'avoir bien en tête le plan des comptoirs. »

Naturellement, j'ai dû lui expliquer que c'était grâce à vous que cette place m'était offerte. Je ne lui avais pas encore dit que j'avais été votre élève, autrefois, à la Faculté catholique. La « Catho », cela ne signifie pas grand-chose pour elle. Il lui suffit de savoir que vos étudiants ont essaimé un peu partout, qu'ils sont médecins, avocats, ingénieurs ou religieux, et que vous avez gardé sur eux tous une forte influence. Elle me prie de vous remercier et elle n'oublie pas d'ajouter : « La Providence m'a écoutée. J'étais sûre qu'elle m'entendrait. » Je souhaite que cette parole soit votre récompense. Moi, je me contenterai de dire que grâce à vous un peu de joie est revenue à la maison. Je vous raconterai bientôt comment s'est passée mon entrée en fonction.

Encore merci, et bien amicalement.

Jean-Marie

Mon cher ami,

J'aurais dû vous écrire plus tôt, mais je ne vois plus passer les jours depuis l'ouverture de mon magasin. Je mène une vie harassante. Mon travail, pourtant, ne semble pas bien compliqué. Peut-être, en effet, ne le serait-il pas pour un autre. Mais moi, j'ai trop de scrupules. Je me dis sans cesse que je n'en fais pas assez. Quand je vois les clientes, conduisant à petits pas leurs poussettes d'un rayon à l'autre, l'œil allumé et la main prête à saisir, je sens qu'on va me voler... qu'on me vole. C'est une impression physique. Je n'y peux rien. Il me semble qu'on me vide les poches ! Je voudrais être partout. Je surveille l'une, l'autre... surtout celles qui ont des sacs à mains profonds ou des manteaux amples. Mme Sédillot m'a affirmé qu'on reconnaissait assez facilement les professionnelles. Question de flair ! prétend-elle. Eh bien, le flair me fait défaut. Comme tous les gestes, même les plus anodins, me paraissent suspects, je ne réussis pas à surprendre le mouvement rapide qui escamote. Celle-ci, comment savoir, elle tourne et retourne une boîte de sardines, s'aperçoit que je la regarde, remet la boîte à sa place, s'en va plus loin, la poussette à demi pleine, prenant tout son temps, comme une nurse qui promène son bébé. Si je la suis, elle va s'imaginer Dieu sait quoi ! Mais si je tourne le dos, hop, quelque chose va disparaître.

Car on vole ! C'est une chose admise, acceptée.

Mme Sédillot m'a bien précisé que tant que les vols ne dépassent pas 1,5 % du chiffre d'affaires, il n'y avait pas à s'inquiéter. Au-delà, en revanche, on risque d'être sacqué. Alors, je rôde. Je patrouille autour des articles en promotion. C'est là, à mon avis, le meilleur terrain de chasse parce qu'il y a toujours une sorte d'effervescence dans ce secteur. Je commence à bien posséder la topographie du magasin, comme un garde connaît sa forêt.

Du côté des surgelés, il n'y a pas grand-chose à redouter. Les clientes ne sont pas là pour chaparder mais pour se ravitailler. Elles choisissent à peine. Elles ont leur repas à préparer. Mais du côté de l'épicerie, les tentations deviennent fortes, parce que la marchandise coûte cher sous un petit volume. Prenez le café, par exemple. La publicité, à la télévision, habitue le public à déguster des yeux le Maxwell ou le Fabre. Ce sont des produits de luxe. Alors, il faut ouvrir l'œil. Je n'ai encore pris personne la main dans le sac. Et d'ailleurs, si par malheur cela m'arrivait, je ne sais pas ce que je ferais. Et je serais bien malheureux ! Punir n'est pas mon fort.

« N'ayez pas l'air de surveiller, me conseille Mme Sédillot. Les clients n'aiment pas ça. Ils viennent autant pour se distraire que pour acheter. » Mais s'il faut surveiller sans en avoir l'air, moi, je déclare forfait.

Finalement, c'est un dur métier. Le va-et-vient ininterrompu du public, le matraquage des haut-parleurs, la déambulation à la longue abrutissante le long des comptoirs où l'emplacement de chaque article doit être calculé à l'avance pour fixer l'attention et éveiller le désir du consommateur, tout cela provoque une fatigue nerveuse qui vide la cervelle. En outre, il y a les comptes à vérifier, les rapports à fournir. Et par-dessus tout, il y a l'intime conviction que toute cette besogne est dérisoire, qu'il est sans importance pour la marche du monde de savoir qu'aujourd'hui, sans raison apparente, les pâtes Panzani se sont mieux comportées que telle ou telle autre marque.

« Mais tous les métiers sont fatigants, m'oppose Hélène. Si tu crois que je m'amuse quand la mère Grandmaison me parle des coliques de son teckel ! Et pourtant je dois être aimable ! »

Je veux être franc, mon cher ami. Oui, je regrette souvent mon ancienne vie, celle que je menais à Rennes et qui était si paisible. J'ai quitté l'oasis pour le désert, persuadé que l'oasis était un mirage. Et je le crois toujours. Mais l'illusion de l'eau vive est encore une fraîcheur. Bon ! Je ne vais pas me plaindre, maintenant. Je ne suis pas mal payé. Je suis « cadre ». L'expression est idiote, bien entendu, comme est ridicule tout ce patois administratif. Mais être cadre, c'est avoir un petit galon sur la manche. Et cela flatte Hélène. Tant mieux !

A bientôt, cher ami. Tout à vous.

Jean-Marie

Mon cher ami,

Je ne vous laisse pas respirer. Excusez-moi. Une idée m'est venue, qui me tourmente beaucoup. Il est évident que je ne suis pas très utile, dans cette superette. Je m'aperçois que cette Mme Sédillot ne m'a pas été envoyée par hasard. Elle est sans cesse derrière moi. J'ai l'impression qu'elle me note, qu'elle fait des rapports sur mon compte. Alors je me demande si M. Didisheim ne m'a pas confié ce poste uniquement pour vous être agréable ? N'est-ce pas une manière détournée de me venir en aide ? Est-ce que M. Didisheim et Mme Sédillot ne tiennent pas des conciliabules à mon propos, l'une disant : « C'est un poids mort. Il ne nous rendra jamais aucun service », et l'autre répondant : « J'ai eu la main un peu forcée. Patientons ! »

C'est peut-être moi qui interprète mal certains regards, certaines attitudes. Je souhaite me tromper. Mais je veux, très honnêtement, vous prévenir. Vous avez pris la peine d'intervenir en ma faveur ; je ne pourrais pas supporter de vous décevoir. Je préférerais quitter mon emploi. Aussi, n'hésitez pas. Si, par hasard, M. Didisheim vous fait des réserves sur mon compte, avertissez-moi. J'aime les situations nettes.

Maintenant, il n'est pas impossible que je dramatise. Je vois bien que je n'ai pas assez de contact avec le personnel. C'est peut-être de là que me vient cette impression d'être isolé, entouré d'une sorte d'hostilité latente. Mais que faire ? Comment dois-je m'y prendre ? Il y a une certaine cordialité familière dont je suis incapable. La jovialité, la rondeur, je voudrais bien, mais ce n'est pas ma nature. Et parce que je suis réservé, j'inspire la méfiance, je m'en rends bien compte. Les caissières sont juste polies. Il est vrai qu'elles n'ont guère le temps de causer. Toute la journée, comme une rivière inépuisable, coule devant elles, dans une sorte de sas, une humanité multiforme, qui pousse ses emplettes en vagues successives : paquets bouteilles, fruits, flacons, boîtes. De la main gauche, elles font avancer la marchandise sur une étroite piste, tandis que de l'autre main elles frappent à toute vitesse sur les touches d'une machine. La monnaie, un sac en plastique pour chaque client. Au suivant !

Je ne peux pourtant pas leur dire : « Vous faites un travail trop dur. » Ce n'est pas mon rôle. Et puis je ne suis pas responsable du système. Mais j'ai grand pitié de nous et c'est pourquoi je voudrais tellement être efficace. Mais j'ai beau m'évertuer. J'agis toujours à contre-temps. Hier je mettais bien en vue toute une rangée de bouteilles d'huile (article en promotion). Une jeune femme me demande le rayon des confitures. Obligeamment, je l'y conduis. Surgit l'inévitable Mme Sédillot. « Laissez-les chercher, me dit-elle. Ça fait marcher la vente ! »

En somme, ce qui est interdit, c'est l'accueil, la complaisance, le service. Pourquoi, dès lors, m'étonnerais-je de ne rencontrer autour de moi qu'indifférence ou froideur ? En un sens, cela me rassure. Mais le commerce sans commerçant n'a pas fini de m'étonner. Pourtant, je m'habitue peu à peu. Déjà trois semaines que je travaille ici ! N'ayez pas peur, cher ami, de parler de moi à M. Didisheim, si vous en avez l'occasion. Je consens qu'on me dépanne, mais pas qu'on me fasse la charité.

Bien amicalement

Jean-Marie

Cher ami,

Je n'avais pas tort. Je suis bouleversé. En deux mots, j'ai trouvé dans ma boîte une lettre anonyme. Juste comme je revenais pour m'occuper du dîner. Heureusement, Hélène, en ce moment, rentre tard. Sinon, c'était elle qui aurait découvert l'horrible chose. Oh ! Le texte n'est pas compliqué : *Premier avertissement.* En lettres majuscules. C'est tout. Mais c'est suffisant. J'ai tout de suite compris d'où venait le coup. C'est forcément quelqu'un de mon entourage. Donc quelqu'un du magasin. J'avais raison de soupçonner qu'on m'en voulait. La lettre a été postée rue Littré, c'est-à-dire très loin du magasin, pour me donner le change. Mais vous pensez bien que je n'ai pas été dupe. Depuis hier, j'essaie de comprendre. Pourquoi cette menace, car enfin il s'agit bien d'une menace, n'est-ce pas ? Je n'ai causé de tort à personne. Qu'on ne m'aime pas, soit ! Mais qu'on veuille se venger de moi ! Je me creuse la tête. Je cherche. Et pourquoi : *Premier avertissement ?* Comme s'il devait y en avoir un dernier ? Avant quoi ?... Tout cela ne tient pas debout. Mme Sédillot est certainement une chipie, mais je ne la vois pas dans ce rôle de corbeau. Les autres non plus, d'ailleurs. Et puis ce n'est pas leur style. J'aurais plutôt reçu des insultes. Pas ces mots secs comme une condamnation.

Mais si cette lettre n'émane pas du magasin, d'où vient-elle ? Je vous demande pardon de vous ennuyer avec cette histoire, mais je ne puis m'empêcher de vous en faire part. Vous saurez peut-être me conseiller. J'ai passé en revue toutes les hypothèses. Je me suis même demandé si... Mais au bout de dix ans, qui se souvient de moi ? C'est le cachet de la poste qui, un instant, m'a donné à réfléchir. La rue Littré est à deux pas de la gare Montparnasse. La gare de l'Ouest. Celle où arrivent les voyageurs en provenance de Rennes ! Mais, encore une fois, au bout de dix ans ! Si quelqu'un avait voulu se manifester, il l'aurait fait dans les mois qui ont suivi mon départ précipité. Non ! *Premier avertissement,* cela fait penser à une action violente qui vient juste de commencer, comme si quelqu'un avait résolu depuis peu de s'en prendre à moi. Et depuis peu, cela signifie forcément depuis mes débuts au magasin. Je suis rejeté vers mes premières hypothèses que pourtant je trouve absurdes.

Et cela me plonge dans un découragement dont vous n'avez pas idée. Je touche du doigt la méchanceté bête, sournoise, rampante, que j'ai déjà vue à l'œuvre chez les gens de plume mais qui m'avait épargné parce que j'étais un trop petit personnage. Il faut croire que maintenant je gêne quelqu'un. Moi ! Moi qui ai voulu me fondre dans le troupeau ! Mais la place que j'occupe, peut-être avait-elle été promise à un autre ? J'ai peut-être sans le savoir bousculé quelqu'un ? Un emploi, c'est comme une bouée de sauvetage. Il faut sans doute se battre à mort pour s'en emparer ! Tous les coups sont permis. Alors vous devinez dans quel état d'esprit je me rends à mon travail ? C'est à peine si j'ose leur adresser la parole.

Mme Sédillot ne paraît pas gênée. Elle est, comme toujours, un peu distante, un peu « maîtresse d'école ». Elle me dit : « A cause de la pluie, les légumes ont augmenté. Les petits pois et les macédoines de conserve vont être très demandés. Ne vous laissez pas surprendre. » Et moi, je la regarde, j'étudie son visage, aussi lisse qu'un mur sur lequel serait écrit : *Défense d'afficher.* Lit-elle, de son côté, mon désarroi ? Et les autres ? Est-ce qu'elles se moquent de moi, quand elles se retouvent au vestiaire ? « Tu as vu sa gueule ? Il en fera une jaunisse. »

Je vais du bureau au magasin, incapable de me concentrer. Je déambule, mains au dos, entre les « linéaires » (c'est ainsi qu'on nomme les lignes de comptoirs). N'est-ce pas à pleurer, cet homme qui se promène, accablé, parmi l'empilement des victuailles, tandis qu'un haut-parleur déverse une musique langoureuse ? Je longe les « surgelés ». Je pense : *Premier avertissement,* ça ressemble à quelque chose de masculin, comme la mise en garde d'un duelliste ! Je reviens vers les parfums, et je me dis : « S'il y a un deuxième avertissement, devrai-je en parler à Hélène ? » Je bifurque du côté des pâtés et des rillettes. « C'est peut-être une blague. Juste pour m'embêter ? Parce qu'on a senti que je ne suis pas un " battant ". » Le tour de manège s'achève. Me voici près des caisses. Les machines débitent les comptes. Les poussettes s'entassent à la sortie. Personne ne semble faire attention à moi.

A mesure que le temps passe, le fardeau qui me pesait sur le cœur s'allège. Je commence à prendre mon parti de la situation. Après tout, qu'est-ce qu'il peut m'arriver ? Et me voilà reparti pour un nouveau tour de manège. On essaiera de me faire perdre ma place ? Impossible. Je suis trop bien protégé par les lois sur le travail. Quand on est chômeur, on est perdu dans un no man's land. Mais dès qu'on touche un salaire, on est à l'abri. Alors, je l'attends, celle qui voudrait me dégommer. Je me reproche d'être trop vulnérable. Il me revient des formules de Langlois. « La vie est un os à moelle. Il ne faut pas mordre ; il faut sucer. » Moi, je passe mon existence à me casser les dents. Je vous jure que c'est difficile de rester fidèle à soi-même, aux principes qu'on a choisis. Quand on refuse ce que vous appelez « l'abandon à Dieu », quand on est à contre-courant, quand donc il faut tirer de soi seul les raisons de persévérer, ah, mon cher ami, qu'il me soit permis, de temps en temps, de défaillir et de vous le dire.

Bien amicalement.

Jean-Marie

Mon cher ami,

Je reprends ma chronique après une semaine d'interruption. Mais d'abord, je vous remercie. Votre lettre m'a fait le plus grand bien. Je le sais que je suis trop sensible. Je voudrais être un homme de contact. J'avais d'ailleurs été formé pour cela. Et finalement mon caractère a eu le dernier mot. J'ai préféré devenir une espèce de marginal. Oui, vous avez raison. Je parlerai à Hélène de cette lettre anonyme. Je n'ai pas le droit de lui cacher une chose qui me tourmente tellement. Nous devons tout partager. D'ailleurs, il me sera d'autant plus facile de lui parler que cette lettre n'a été suivie d'aucune autre. Et pourtant, je devine ce que sera notre conversation. J'en suis d'avance accablé.

Hélène trouvera le moyen de me prouver que j'ai offensé Dieu en n'allant pas le remercier. Car il y a eu, entre nous, une petite scène que j'avais renoncé à vous raconter. Ses arguments sont toujours les mêmes : « Tu m'as promis que tu essaierais de me faire plaisir. Eh bien, accompagne-moi à l'église. Je ne te demande pas de prier avec moi, mais simplement d'être là. Ce n'est tout de même pas un bien grand sacrifice ! » Bref, vous voyez le genre de discussion qui a empoisonné notre dimanche. Alors, quand je lui apprendrai que j'ai reçu une lettre de menace, je l'entends d'ici : « Tu es puni. Quand on ne veut pas dire merci, voilà ce qui arrive ! »

Ses arguments, la pauvre, sont de ce calibre-là. Pour elle, Dieu est de la famille. C'est un aïeul quinteux dont il faut ménager la susceptibilité. Elle ignorera toujours qu'il existe sans doute des dizaines et des dizaines d'autres terres où les plus forts, comme ici, font la loi. Elle n'a pas le sens du vertige.

« Tu ne réponds jamais rien », dit-elle.

Que voulez-vous que je réponde ? Je me contente de la serrer contre moi. Qu'elle se taise, surtout ! Mon front contre son front, c'est la seule vérité dont je sois sûr. C'est pourquoi je ne suis pas pressé de la mettre au courant. Il y aura un débat stérile. Elle me dira que j'ai affaire à un jaloux, qu'il se lassera avant moi, que la sagesse est de ne pas marquer le coup... etc. Et moi, je suis persuadé qu'il s'agit d'autre chose et que c'est grave. J'attends la deuxième lettre. Elle contiendra peut-être un indice. Je vous tiendrai au courant.

Amicalement à vous.

Jean-Marie

— Toi ? dit Ronan. Je te croyais encore à Paris.

— Je viens de rentrer. Ma première visite est pour toi.

— Tu as bien expédié ma lettre ?

— C'est la première chose que j'ai faite, en arrivant.

Hervé enlève son imperméable mouillé. Il pleut depuis trois jours. Les mouettes, chassées par le suroît, sont entrées dans la ville.

— Un temps de cochon, dit Hervé. Alors, comment ça va ?

— Pas fameux. Je tiens à peine debout. Mais toi ?

Hervé plante une chaise tout près du lit, approche son visage de celui du malade.

— Devine qui j'ai vu ?

— Quéré ?

— Oui, Quéré. Je ne voulais pourtant pas m'occuper personnellement de lui et puis j'ai été tenté. Notre conversation me trottait dans la cervelle. Mercredi, à cause d'un rendez-vous manqué, je me suis trouvé libre et la curiosité a été la plus forte. Je t'ai dit que Quéré travaille dans une espèce de petit Prisunic...

— Pas du tout. Première nouvelle.

— Comment ?... Ah ! c'est vrai que je ne t'avais pas revu... Eh bien, notre informateur a continué son enquête et c'est par lui que j'ai appris la chose. Quéré s'est casé. Il s'est recyclé dans l'épicerie.

Ronan éclate de rire.

— Pas possible ! Tu me fais marcher.

— Mais non. Tu le verrais ! Il porte une blouse boutonnée sur l'épaule, comme un carabin. Ça vaut le déplacement !

— Comment le sais-tu ?

— Parce que j'ai voulu en avoir le cœur net. J'avais l'adresse de sa boîte, place Jules-Joffrin... J'ai donc profité d'un moment de liberté et j'ai été rôder dans le coin. C'est bien notre Quéré. Il a pris un sacré coup de vieux.

— Tant mieux.

— Tu te rappelles, il portait beau. On ne se rendait pas compte qu'il était petit. Maintenant, il s'est rabougri. Il marche les mains derrière le dos. Il a l'air d'un pion.

— Tu es entré ?

— Non. Je l'ai aperçu de la porte.

— Il sert les clients ?

— Mais non. C'est un self-service. J'ignore ce qu'il fabrique au juste. Si ça t'amuse, je t'ai mis là tous les renseignements, l'adresse de sa boîte, celle du salon de coiffure où opère sa femme, tout, quoi !

Hervé sort une enveloppe de son portefeuille et la pose debout contre une fiole, sur la table de chevet.

— Mais ce n'est pas tout, reprend-il. Dimanche, comme j'avais tout mon temps, je suis allé prendre un verre tout près de chez eux, rue de Verneuil... Un petit caboulot sympa, d'où l'on voit l'immeuble. Et à midi et demi, je les ai aperçus qui rappliquaient.

— Comment est-elle ?

— Bien, trop bien pour lui ! Jeune... élégante... Pas exactement une dame mais une fille qui sait s'habiller... Jolies jambes... Jolie silhouette... Jolie poitrine... Je n'y ai pas été voir, mais ça se devine.

— Ignoble individu ! Si Yvette t'entendait !...

— Quoi ! Ça n'empêche pas. Et puis Yvette...

— Vous vous êtes fâchés ?

— Non. Pas encore. Mais elle commence à me courir.

— Ne me dis pas que Mme Quéré t'a impressionné ?

— Idiot !

— A t'entendre parler, pourtant...

Ronan s'étire, puis jette un coup d'œil aigu du côté d'Hervé.

— Suppose, dit-il, que le ménage ne tourne pas très rond... Suppose que ce salaud de Quéré perde sa place... Suppose...

— Tu sais, plaisante Hervé, je ne suis pas très doué pour les suppositions.

Ronan réfléchit et un tic lui tord la lèvre.

— Pourquoi, murmure-t-il, ne t'arrangerais-tu pas pour les rencontrer ? Ce serait amusant, non ? de les voir vivre, d'entrer dans leur intimité. Quand je te l'ai proposé, tout de suite tu es monté sur tes grands chevaux. Mais maintenant ?

Hervé hoche la tête, puis se lève brusquement.

— Nous en reparlons, dit-il.

— Quand ?

— Peut-être la semaine prochaine. En ce moment,

j'ouvre un bureau à Nantes et j'ai bien autre chose en tête que le ménage Quéré.

Poignée de main. Hervé s'apprête à sortir.

— Je t'aimais mieux avec ton collier de barbe, dit Ronan. Rasé, comme ça, tu fais curé.

Ils échangent un sourire complice, comme si Ronan venait de faire une plaisanterie au sens connu d'eux seuls. Hervé referme la porte et Ronan l'entend qui parle avec Mme de Guer. Leurs voix se perdent peu à peu. Ronan s'enfonce dans son lit. Il sait où il va frapper le prochain coup et cette fois il ne le tirera pas au hasard. Hervé sera sur place pour le renseigner.

Jean-Marie, comme d'habitude, retira son veston, le suspendit soigneusement à un cintre, puis revêtit sa blouse et entra dans le bureau. Mme Sédillot avait déjà dû dépouiller et classer le courrier. Cela n'entrait pas tout à fait dans ses attributions, mais quelles étaient au juste ses attributions ? Jean-Marie n'avait pas essayé de lui demander des explications sur ce point. Il lui suffisait de constater qu'elle était précise, efficace, et qu'elle lui épargnait la partie la plus rebutante du travail. Il mit ses lunettes et repéra l'enveloppe bleue. *Monsieur le Gérant du Self Service — Place Jules-Joffrin — 75018 Paris.* L'enveloppe avait été ouverte. Il en retira une feuille pliée en quatre qui ne contenait qu'une ligne.

Grande dégueulasse, tu oses encore te montrer. Deuxième avertissement.

Étourdi par le coup, Jean-Marie s'assit. Il eut encore la force de regarder le cachet de la poste. *Rue Littré.* « Quelqu'un veut ma peau, pensa-t-il. Mais qu'est-ce que j'ai pu faire ? Pourquoi est-ce que je n'oserais pas me montrer ? Et cette chipie a lu la lettre ? De quoi ai-je l'air ? »

Il se redressa, chancelant, prit un gobelet de carton et l'emplit d'eau au lavabo des toilettes. L'épaule contre le mur, il but lentement, récupérant peu à peu comme un boxeur groggy. Puis il alluma une cigarette pour se donner le temps de réfléchir. Si c'était Mme Sédillot qui avait écrit cette lettre, elle n'aurait pas pris la peine d'ouvrir l'enveloppe. *Monsieur le Gérant*, la suscription l'avait trompée. Elle ne s'attendait évidemment pas à trouver une lettre anonyme. Du moins, aurait-elle pu s'excuser, dire : « Mon premier mouvement a été de la déchirer. Mais j'ai préféré que vous soyez au courant. Il ne faut pas faire attention à ce genre d'agression. » Enfin quelque chose comme ça... des paroles de commisération, un mouvement de sympathie. Mais non. Elle ne l'avait pas attendu. Le reste du courrier avait été rangé soigneusement. Il n'y avait que cette enveloppe bleue, bien en vue, mise en évidence pour le narguer.

Elle devait bien s'amuser, la garce! Et les autres aussi. Et on s'arrangerait bien pour que M. Didisheim apprenne la chose. Et les commentaires dans les coins. « Allez savoir ce qu'il cache, ce type-là !... Les lettres anonymes, ce n'est pas beau, mais il n'y a pas de fumée sans feu... Et puis, quoi, on ne sait pas d'où il vient, hein ?... Il a l'air bien comme il faut, mais je l'ai toujours trouvé en dessous. Pas vous ?... »

Jean-Marie se décida brusquement. Il entra dans le magasin, parcourut quelques allées et aperçut Mme Sédillot qui, avec l'aide du commis, garnissait un rayon de boîtes de cassoulet. Il était trop tôt pour démuseler le haut-parleur. Quelques clientes circulaient, recueillies, concentrées, comme si elles avaient visité un musée. Jean-Marie s'approcha.

— Je peux vous parler un instant ? dit-il à voix basse.

— Ça ne peut pas attendre ? répondit-elle aigrement.

— Je vous en prie.

— Continuez, dit-elle au commis. J'en ai pour une minute.

Elle rejoignit Jean-Marie, qui s'était éloigné vers les produits d'entretien.

— Alors ?

Jean-Marie lui montra l'enveloppe bleue.

— Vous avez lu ?

Elle le toisa hargneusement.

— Je ne m'occupe pas de vos affaires.

— Mais enfin...

— Adressez-vous à la police, monsieur Quéré. Et laissez-nous travailler.

— Vous avez cru que...

— N'insistez pas, monsieur Quéré. Ça vaudra mieux pour vous. Mais si j'ai un conseil à vous donner, c'est de dire à vos amis qu'ils vous écrivent chez vous.

— Quoi ? Quels amis ?

Elle lui tourna le dos. Le commis ricanait et Jean-Marie l'entendit qui murmurait : « Y en a, quand même ! »

« Quels amis ? » se répéta Jean-Marie, et soudain il comprit et sentit la sueur lui mouiller les mains. C'était ça ! C'était sûrement ça ! Ils le prenaient pour... Il s'abrita derrière le rayon des légumes secs et rouvrit la lettre. La première fois, dans son émotion, il avait lu · *Grand dégueulasse* mais il fallait lire *Grande.* Mme Sédillot avait pris son temps, elle. Et elle avait conclu que... C'était pire que tout. Il était déshonoré, détruit.

Porter plainte ? Contre qui ? Le coup ne venait pas du magasin. Maintenant il en était sûr. Quelqu'un, qu'il ne connaissait pas, s'efforçait de le démolir et, après cette lettre, il y en aurait d'autres jusqu'à ce qu'il abandonne, écœuré. Aller tout raconter à M. Didisheim ? « Je traîne le scandale après moi, pensa Jean-Marie. Sachant ce qu'il sait déjà, il me conseillera de partir ! »

Il eut envie de tout planter là, de s'enfuir, pour ne plus jamais entendre parler de l'oncle Ben, de monsieur Propre, du professeur Tournesol, de Persil, d'Omo... Omo, Homo... le jeu de mots déclencha en lui une hilarité lugubre. « Eh oui, j'en suis là, se dit-il. Je suis leur tête de Turc. Le protégé du patron traîne après lui une bande de petits amis qui s'amusent à le faire chanter. Ce que c'est drôle ! Et ça vous prend des grands airs ! Ça pose à l'employé modèle. J'espère qu'il va débarrasser le plancher ! »

— Bon, trancha Jean-Marie. Je vais le débarrasser, et tout de suite !

Il gagna le bureau à pas lents, pour ne pas perdre la face, prit un bloc offert par Cinzano, en arracha une feuille sur laquelle il écrivit : *Je m'absente jusqu'à demain.* Les bonnes femmes feraient mille suppositions, et puis au diable l'opinion des bonnes femmes. Il ne remettrait plus jamais les pieds dans ce magasin. Fini le commerce ! Après tout, le chômage était moins pénible.

Il s'échappa par l'entrée de service et n'eut pas le courage de rentrer directement chez lui. Il s'arrêta au bistrot.

— Bonjour, monsieur Quéré. On ne vous voit plus. Qu'est-ce qui vous arrive ? L'inspiration qui a fichu le camp ? Alors, un petit calva ?

— Donnez-moi aussi de quoi écrire.

— A la bonne heure ! Avec un peu de pousse-au-cul, vous allez voir si ça va bouillir !

Déjà, Jean-Marie pesait ses phrases. Il écrivit d'un trait :

Monsieur le Président-directeur général,

A mon grand regret, je me vois obligé de vous donner ma démission. Je n'aurais pas dû accepter le poste que vous avez bien voulu me confier sur la recommandation d'un ami commun. Je n'ai ni la force ni les moyens de l'occuper d'une manière convenable. Ma santé me cause des inquiétudes et je vois bien que mes capacités ne me portent pas vers le commerce.

Je vous prie, Monsieur le Président-directeur général, d'agréer, avec mes excuses, l'expression de mes sentiments distingués.

Jean-Marie Quéré

— Suis-je assez lâche, assez plat, pensa Jean-Marie en se relisant. Mais si je n'envoie pas cette lettre immédiatement, je ne l'enverrai peut-être jamais. Hélène dira que c'est un coup de tête. Tant pis !

Il but une gorgée d'alcool, essaya d'imaginer l'inconnu qui venait de gagner la première manche. « Il se croit très malin, songea Jean-Marie, mais au fond c'est lui qui va être possédé ! Je me replonge volontairement dans le bourbier du chômage et là je suis bien à l'abri. Qu'est-ce qu'on peut tenter contre un chômeur ? *To be or not to be ?* Je choisis : *not to be.* » Il rit et toussa un bon coup.

— Ça va mieux, hein ? dit l'Auvergnat. Vous faisiez une tête d'enterrement, tout à l'heure.

Par chance, les enveloppes contenues dans le sous-main ne portaient pas d'en-tête. Jean-Marie écrivit soigneusement l'adresse, colla un timbre. La lettre était là, devant lui, comme une arme. « Si je commence à me suicider, pensa-t-il, comment est-ce que tout cela finira ? Ma mort ? C'est peut-être ça qu'il désire. »

Il prit une autre feuille de papier.

Mon cher ami,

Mais il n'alla pas plus loin. Se raconter était au-dessus de ses forces. Il sortit et s'arrêta sur le trottoir, indécis. De nouveau, le désœuvrement, l'inutilité de tout, le poids du corps à traîner... L'ennemi connaissait-il cette épreuve pour l'infliger aux autres. Il jeta sa lettre dans une boîte. A partir de ce moment, il n'était plus un employé mais un employé démissionnaire. Il perdait la qualité de cadre et la direction pouvait l'obliger à respecter le mois dc préavis. Il était à peu près sûr qu'on le laisserait tranquille mais il devrait quand même se procurer un certificat d'incapacité de travail. Et puis recommencerait la bataille pour trouver un nouvel emploi.

Facile à dire, dans la colère, *not to be,* mais il y avait Hélène ! A cause d'elle, il devait travailler, mais dès qu'il travaillerait, le corbeau s'acharnerait sur lui. C'était à peu près cela, la situation. Il fit, machinalement, les commissions quotidiennes : le pain, la viande, les pommes de terre. Au passage, il regarda s'il y avait du courrier ? Oui. Une lettre : *Cours Blaise-Pascal*. Il la prit entre ses dents, pour chercher ses clefs, de sa main libre. Une petite poussée d'espoir lui faisait trembler le poignet. Il se débarrassa de ses achats sur la table de la cuisine et déchira l'enveloppe.

Monsieur,

Nous avons pris connaissance avec intérêt de votre lettre. Mais nous avons le regret de vous dire qu'il n'y a pour le moment, chez nous, aucune place vacante. Néanmoins, nous prenons bonne note de votre candidature et, le cas échéant, nous serions heureux de nous assurer vos services.

Veuillez agréer...

Jean-Marie chiffonna la lettre. « Bandes de tartufes... Dites-moi franchement : “ Allez vous faire foutre ”, au lieu de tourner autour du pot. »

Il jeta la lettre dans la poubelle. Sa colère le reprenait, comme un accès de paludisme. Il parlait encore tout seul, à midi, en mettant la table. « Si je le tenais !... Si je le tenais !... » Il n'entendit pas Hélène, qui s'arrêta, surprise, sur le seuil de la cuisine.

— Comment, tu es là ?... Tu es souffrant ?

— Je ne sais pas... Non... Ou plutôt...

Il sortit de son portefeuille les deux lettres anonymes.

— Tiens... Tu vas comprendre.

— Je vois, dit-elle, après avoir lu d'un coup d'œil. C'est surtout bête.

— Mais tu ne te rends pas compte, s'écria Jean-Marie. La première lettre m'était adressée ici ? Ça allait encore. Mais la deuxième est arrivée là-bas, au magasin, et elle a été ouverte par la mère Sédillot, pardi ! Tout le personnel est au courant. Lis... Lis *Grande dégueulasse*, c'est clair, non ? Tu imagines ce qu'ils pensent.

— Ne crie pas comme ça, dit Hélène. Les voisins n'ont pas besoin de savoir... Oui, bien sûr, c'est embêtant.

— C'est tellement embêtant que j'ai démissionné. J'ai écrit au patron.

— Mais tu es fou !

Elle retirait ses gants, tout en le regardant avec inquiétude. Puis elle décrocha sa blouse d'intérieur.

— Tu lui as expliqué ? reprit-elle.

— Non. Tu vois l'effet que ça aurait produit ! Je lui ai seulement dit que j'étais malade et que je ne pouvais pas continuer.

— C'est malin !

Elle alluma le gaz, prit la poêle.

— Dépêchons-nous, fit-elle. Je dois être là-bas à la demie. Tu aurais pu me consulter avant. C'était une bonne place.

Les côtelettes grésillaient. Elle prépara la salade, s'essuya les yeux d'un revers de main.

— Tu pleures ? demanda Jean-Marie.

Elle haussa les épaules. Il s'approcha d'elle, lui passa un bras autour du cou.

— Hélène, murmura-t-il. Je ne pouvais pas continuer.

Elle se dégagea d'un mouvement brusque.

— Enfin, quoi ? Tu n'es pas ce qu'elle dit, cette lettre ?

Stupéfait, il recula, cherchant une chaise.

— Hélène, voyons...

— Tu n'es pas ce qu'elle dit ?

— Mais comment peux-tu croire ?

— Alors, il fallait se moquer de ce qu'ils pensent, les autres ! Ton ami se met en quatre pour toi. Il te sert un emploi sur un plateau et toi, sous prétexte qu'un imbécile s'amuse à t'envoyer des lettres idiotes, tu démissionnes ! Ce n'est pas sérieux. Mangeons, tiens !

Elle posa le saladier au milieu de la table et servit les côtelettes sur une assiette. Ses mains s'activaient toutes seules, ignorant la querelle, les visages tendus, la violence des propos. Jean-Marie s'assit en face d'elle.

— Des lettres idiotes, dit-il, ce n'est pas mon avis.

— Écoute, fit-elle, en le regardant dans les yeux, ou bien tout ça ne tient pas debout ou bien c'est que tu as quelque chose à te reprocher. Remontre-la-moi, cette lettre.

Jean-Marie la lui tendit par-dessus la table. Hélène la relut, lentement, à mi-voix : *Grande dégueulasse, tu oses encore te montrer. Deuxième avertissement.*

— C'est ça, ces mots « deuxième avertissement » qui m'inquiètent, dit-il.

— Moi pas, fit-elle. Moi, c'est : *Tu oses encore te montrer.* Je ne suis pas experte en lettres anonymes, mais c'est ce petit bout de phrase qui me donne à penser. Et toi aussi, n'est-ce pas ?... Sinon, tu n'aurais pas tout lâché.

— Je t'assure, Hélène...

— Voyons, Jean-Marie, parlons sérieusement. (Elle regarda l'heure à son poignet.) Je sens que je vais être en retard.

— Je te jure que je ne suis pas..., commença-t-il.

Elle l'interrompit.

— Mais oui. Je te crois. Bien que la vie nous réserve souvent des surprises.

— Tu t'en serais aperçue, tout de même.

Elle repoussa son assiette, sourit tristement.

— Je pourrais te demander pourquoi tu es si réservé avec moi. Des maris comme toi, tu sais, il y en a peu. Et tu pourrais m'expliquer pourquoi tu as tellement peur que nous ayons un enfant ?

— Je ne vois pas le rapport, protesta-t-il. Mais je m'en voudrais de donner la vie à un délinquant ou à une chômeuse.

— Tu n'as pas le droit de parler comme ça.

A son tour, il écarta son assiette.

— Drôle de déjeuner, murmura-t-il.

Elle chercha sa main, sur la nappe.

— Pardon, dit-elle. Si celui qui t'écrit veut nous faire du mal, il a gagné. Mais tu m'as souvent raconté que Fréneuse...

— Langlois, rectifia Jean-Marie.

— Oui, Langlois... fréquentait parfois de drôles de gens.

— C'est vrai.

— C'est peut-être de ce côté-là qu'il faudrait chercher... Tu as peut-être eu, autrefois, une prise de bec avec quelqu'un qui essaie, maintenant, de se venger.

— Mais non. C'est ridicule. Mets-toi bien dans la tête que je n'existais pas. Langlois faisait trop d'ombre.

Ils se turent, puis Hélène commença à desservir.

— On mangera mieux ce soir, dit-elle.

Il alluma une cigarette, tandis qu'elle faisait rapidement la vaisselle.

— Si tu as quelque chose à cacher, reprit-elle, je suis là. Je peux t'aider... Tu es sûr que tu n'as rien à cacher ?

Gêné, il tourna la tête et souffla un jet de fumée.

— Rien, dit-il.

— Et en remontant plus loin que Langlois... plus loin dans le passé ?... Je ne sais pas, moi... Quand tu travaillais chez ton père ?

Il fronça les sourcils, ne comprenant pas. Puis il se rappela de quelle manière il avait travesti son passé, quand il lui avait raconté qu'il avait été troisième clerc, à l'étude de Me Quéré.

— Ah ! laissons tout ça ! dit-il. D'accord, j'ai peut-être eu tort d'écrire à Didisheim. Maintenant, c'est trop tard. Et au fond, je préfère. Je n'étais pas fait pour ce métier.

Elle se remaquillait dans le cabinet de toilette. Il entendit sa voix qui venait de loin.

— Jean-Marie... Ne te fâche pas... Mais tu ne crois pas que le moment serait venu de...

Un long silence.

— De quoi ? grommela Jean-Marie, impatienté.

— La confession efface tout, dit-elle. Ce que tu hésites peut-être à me confier, Lui, Il peut l'entendre.

Jean-Marie écrasa sa cigarette dans le cendrier. Il se força au calme et se contenta de soulever rageusement une épaule. Elle sortit du cabinet de toilette, toute neuve, toute fraîche, comme s'il n'y avait jamais eu entre eux de différend, et tendit sa joue.

— A ce soir, chéri. Je m'arrêterai sans doute à la

chapelle. Nous avons bien besoin d'être secourus. Et toi ?

Il n'osa pas répondre qu'il perdrait son temps, qu'il l'userait bêtement, stérilement, à ressasser : « Tu oses encore te montrer. » Jamais il ne se déciderait à avouer la vérité. Surtout pas à Hélène !

— Je vais recommencer à chercher, dit-il. Ne t'occupe pas du dîner. Je le préparerai. Ça, je sais encore le faire.

Ronan s'ennuie. 9 de tension. Quand il reste debout trop longtemps, trois quarts d'heure, une heure, il a des vertiges, des sueurs, des tremblements dans les mollets. Il est obligé de se recoucher. Il n'a pas envie de lire. Les journaux, les revues, les magazines s'accumulent au pied de son lit, glissent par terre ; sa mère les ramasse.

— Tu me prends vraiment pour ta bonne !

Elle guette en vain une protestation, un sourire de tendresse. Il est muré dans son silence. Il rêve. Il s'éparpille en images floues. Il s'imagine qu'il pêche. Il a lancé ses deux lettres anonymes comme il l'aurait fait de deux lignes et il attend la touche. Il ne saura peut-être jamais si le poisson a mordu, s'il est ferré. Il faudra peut-être réamorcer. Mais si Quéré les jette au panier, ces lettres ? S'il est prêt à affronter le scandale ? Non. Il aura peur. Ne pas oublier qu'il a quitté la ville sur la pointe des pieds... L'image amuse Ronan un instant... Quéré rasant les murs, se faufilant jusqu'à la gare, comme un prisonnier en cavale.

Mais après dix ans, il a dû s'endurcir. Et puis il est

marié. Cela prouve qu'il s'est installé dans une nouvelle vie, qu'il a des intérêts à défendre. Alors, les lettres anonymes !... Pourtant, la dernière... *Grande dégueulasse*... pas mal trouvé. Si, par chance, elle est tombée entre les mains de ses proches ! Ah, voir sa gueule ! Comme il doit se sentir coincé !... *Deuxième avertissement !* Donc, il y en aura un troisième... Et pour finir, la vérité éclatera au grand jour.

Ronan, qui souriait, se rembrunit. Est-ce qu'il n'est pas en train de se raconter des histoires ? Le cas Quéré a-t-il vraiment tant d'importance, alors que la violence s'épanouit partout et que les gens, abrutis de faits divers, ne songent qu'à se réfugier dans le Loto ! Qu'est-ce que ça peut leur foutre, aux gens, que Quéré soit ceci ou cela ? Il y a dix ans, ça comptait encore, surtout dans une ville comme Rennes. Mais maintenant... Des amuse-gueule, ces lettres. Une manière de se cacher qu'on est impuissant. Quéré est hors d'atteinte. Pour aller jusqu'à lui, il faudrait prendre une voiture ou le train, et pour ça, tenir sur ses pattes. Et ensuite, là-bas, le guetter, l'attendre, s'approcher de lui. Non ! Ce n'est pas au malade de se déplacer. Au pêcheur d'aller au poisson. C'est au poisson de venir au-devant de l'épuisette. Mais comment obliger Quéré à s'éloigner de Paris, à revenir dans une ville qu'il ne porte pas dans son cœur. Si encore ces lettres avaient le pouvoir de l'effrayer, de le faire bouger. Hervé pourrait se renseigner. Mais il y a un moment qu'il n'a pas donné signe de vie. On ne peut jamais compter sur lui.

Ronan s'abandonne, ferme les yeux. L'échec ! Mais vers la fin de l'après-midi, à l'heure où remonte la fièvre, il éprouve comme un sursaut de confiance.

Mais si, il manœuvre bien. Sa formule : *Tu oses encore te montrer* est excellente. A des tiers, elle laisse tout supposer. A Quéré, elle lui rappelle exactement ce qu'il a voulu cacher, et lui prouver qu'on a l'œil sur lui. « L'œil était dans la tombe. » Ronan rit.

— Qu'est-ce qui t'amuse ? demande sa mère. Il n'y a pourtant pas de quoi.

— Oh rien ! dit Ronan. Un vers de Victor Hugo qui me revient.

— Tu vas encore faire de la température, gémit-elle.

Et bientôt, c'est le soir, la veilleuse sur la table de chevet, la maison silencieuse. Ainsi, il a gravi, à la force du poignet, à la force de la rancune, l'interminable escalier des heures. Il est au sommet de la journée. Il ne dort pas. Il est sûr que Quéré ne dort pas non plus. Maintenant, comme chaque soir, il a rendez-vous avec Catherine. Il commence par regarder, dans sa mémoire, la tombe fleurie par Hervé. Il en a si souvent étudié la photo qu'il la connaît par cœur. Avec une loupe, il a grossi le moindre détail. Il sait que ce qu'il avait pris tout d'abord pour une touffe d'herbe est un oiseau posé dans l'allée. Peut-être un merle. Catherine aimait tout ce qui vole, aussi bien l'écume que les mouettes. C'était une fille de plein vent. Il se promène avec elle. Parfois, elle parle. Parfois, ils se querellent. Parfois, ils s'aiment et une chaleur de sensualité bat aux tempes de Ronan. Il gémit. Elle est dans ses bras. La dernière fois que...

Il se rappelle chaque seconde de cette dernière nuit. Mais il est trop fatigué pour s'abandonner à la volupté. Il lui arrive aussi de se poser des questions bizarres. S'ils s'étaient mariés, leur entente aurait-elle été complète ? Elle n'approuvait pas ce qu'elle appelait « ses activités politiques ». Il avait beau lui dire : « Je sais bien que la Bretagne, seule, ne peut pas vivre, mais on ne doit pas consentir, se coucher, se vendre aux promoteurs. » Elle répondait avec gravité : « Tu es un enfant qui se monte la tête. » Et après tout, si c'était vrai ! « Est-ce que je ne suis pas plutôt un vieillard-enfant ? », s'interroge Ronan. Pourquoi est-ce que je n'accepte pas d'avoir été mis en prison ? J'avais tué. Je devais payer. Logique, non ? Question de justice. Seulement, ce n'était pas à Quéré d'être le justicier. Surtout pas lui ! Mais je le hais sénilement. Je radote ma haine. Pourquoi pas en convenir ? Ma haine ! C'est tout ce qui me reste de Catherine. Elle est notre enfant mort !

Les larmes le brûlent sans le délivrer. Il avale une bonne dose de somnifère, attend le sommeil qui n'en finit pas de venir. Il a encore le temps de penser : « Autrefois, j'étais pieux. Je priais, le soir. J'étais un combattant qui était engagé dans une espèce de guerre sainte. J'avais le droit de prier, même quand je m'apprêtais à exécuter Barbier. Et puis Quéré est intervenu et j'ai perdu la vérité en même temps que la liberté. C'est comme s'il m'avait tué deux fois. Maintenant, je ne crois plus, mais, malgré tout, donnez-moi la force, Seigneur, d'abattre Quéré »

Un engourdissement le gagne. Ses mains jointes se dénouent. La lueur de la lampe éclaire doucement son profil pacifié.

Mon cher ami,

Votre longue lettre, reçue hier, me rassure. Je ne vais pas revenir sur les circonstances qui ont motivé ma démission. Vous savez tout : l'horrible lettre anonyme et mon désarroi. Ma lâcheté — c'est bien le mot qu'il faut employer — devant l'opinion publique. C'est vrai, je ne supporte pas d'être montré du doigt. Mais votre compréhension et votre bonté me sont un précieux appui. Que deviendrais-je sans elles ? Maintenant, la tempête est passée. Mais elle m'a sérieusement secoué. J'ai vu un médecin (il le fallait bien pour que je sois en règle avec l'administration). Tout est compliqué : la recherche d'un travail, la cessation d'un travail ; je vous expliquerai un jour ce que c'est que l'ASSEDIC ! Ce médecin m'a trouvé en mauvais état : fatigué, petite tension, bref, ce qu'il appelle « le stress du chômeur », car il paraît que la plupart des gens dans ma situation présentent les mêmes troubles psychosomatiques. Le chômage déclencherait une sorte de maladie nerveuse analogue à la dépression et malheureusement il n'existe aucun remède efficace. Il m'a prescrit des calmants, m'a administré un sirop de bonnes paroles ; m'a gentiment reconduit à la porte, et au suivant !...

Si j'étais la victime d'un « licenciement économique », comme ils disent, je pourrais toucher une indemnité de recyclage. Mais non, j'ai abandonné volontairement (!) mon emploi, et ça, c'est le crime inexpiable. Vous êtes tout de suite classé dans la catégorie des instables, des amateurs, des farceurs qui trouvent agréable de végéter sans rien faire. On vous aura à l'œil ! Je suis d'autant plus suspect que ma femme travaille et que, de ce fait, je ne suis pas talonné par la nécessité.

Pourtant, ce n'est pas la joie, à la maison ! Hélène gagne assez bien sa vie. Elle serait seule, elle s'en tirerait à peu près correctement. Mais nous sommes deux. Le loyer est très lourd. Les charges deviennent écrasantes. Je suis obligé de demander à Hélène mon argent de poche. Ou plutôt, c'est elle, pour m'éviter une humiliation supplémentaire, qui me le donne. Mais les femmes ne savent pas calculer les petites dépenses d'un homme. Ou c'est trop, ou ce n'est pas assez. Mon tabac, par exemple, me pose des problèmes. Je fumais une vingtaine de cigarettes par jour. (Ma santé en souffrait ? Je n'en jurerais pas, mais la question n'est pas là.) J'en suis maintenant à seize. Quatre de moins ! Et voyez l'enfantillage. Ces quatre-là, j'essaye de les situer dans la journée. Je ne sais pas bien à quel moment je m'en passe. Je cherche et cela me donne aussitôt envie de fumer. Je m'engueule et mon humeur vire au noir. Pour me punir et me calmer à la fois, j'en fume deux ou trois à la file. Je suis assuré alors d'être en effet un dégueulasse, indigne de pitié, d'amitié, de tendresse ; c'est peut-être cela leur fameux « stress ».

Comment se fait-il qu'un homme comme moi, pas plus bête qu'un autre, sans doute, hélas, plus sensible qu'un autre, en soit réduit à de pareils égarements ? Petits égarements, soit. Mais qui dénotent un commencement de pourrissement. Ça commence, justement, par de petites choses. Des petites manies que je n'avais pas et que je découvre, soudain, avec répugnance, comme si j'avais attrapé des poux.

Il y a, bien sûr, le petit verre de calva. Mais il y a aussi le temps que je passe à me raser, à interroger mon visage, à chercher sur lui l'imperceptible ride, la griffure à quoi l'on doit reconnaître l'homme du loisir forcé, le bagnard du désœuvrement. Je n'ai que l'embarras du choix : tenez, moi qui évitais soigneusement tout contact, toute conversation avec les gens dans mon cas, comme si mon chômage à moi n'avait été qu'un accident, eh bien, maintenant, dans les queues, je les interroge. L'immeuble de l'Agence pour l'emploi est une sorte de léproserie où chacun montre ses difformités, les commente, frotte son désespoir à celui des autres. « Ça ne peut plus durer », dit l'un. « Ça finira mal », dit l'autre. Mais sans hargne, et même avec une sorte de consentement. Ce n'est pas une protestation. C'est un diagnostic. Tout le monde y passera. Alors, il vaut mieux appartenir à la catégorie de ceux qui ont l'expérience, qui ont réglé leur vie comme on baisse le gaz au plus juste, sous une casserole. Le seul bien qui reste, c'est une inhumaine patience, l'installation dans une attente machinale qui ressemble à une hibernation du cœur.

Oui, je descends la pente. Je résistais mieux avant

l'épisode du self-service. Je suis retombé plus bas. Et puisque j'en suis au chapitre de la confession — le mot me fait sourire — il me reste à avouer le plus pénible parce que le plus bête : je gratte sur les commissions pour me payer de temps en temps une place de cinéma. Je vais voir un peu n'importe quoi. L'important, c'est d'être bien assis, loin de mes pensées habituelles : on pense, on bouge, pour moi. Je me laisse faire. Je m'abandonne, je me défais, je deviens écho et reflet. Je me dissous dans les images. Pendant ce temps, Hélène travaille durement. Je le sais, et j'en éprouve une honte affreuse, mais pas pendant la séance; après, quand je me retrouve dans la foule vraie, dans la ville vraie. Celle où l'on reçoit les coups.

Je rumine tristement les histoires qui viennent de m'être racontées. Mensonges! Mensonges des personnages qui se battent, le plus souvent, pour s'emparer d'un pouvoir, celui de l'argent, celui de l'amour, comme si cela existait! Quand j'avais quinze ans, j'étais fasciné par les tableaux des surréalistes : un pied coupé laissant derrière lui, sur le sable d'une plage déserte, des empreintes jusqu'à l'horizon; ou bien un œuf contenant le buste d'une femme poignardée... C'est cela, la vérité. J'ai envie d'écrire, au risque de vous peiner : « Au commencement était la Négation. » C'est cette antiphilosophie qui m'aide à marcher droit. Quand Hélène, ce soir, me demandera : « Qu'as-tu fait? » Je répondrai : « Rien! » Et il y aura tout, dans ce rien : ma déchéance et ma fierté.

Comme je vous l'ai écrit, je cherche du côté des cours privés. Un peu de français, un peu de latin, quelques gamins pas trop impossibles, et je m'estimerais à peu près satisfait. Naturellement, je serai exploité, mais j'échapperai à cet enlisement à la russe, sincérité, cynisme, désespoir et défi, dans lequel je ne me comptais qu'épisodiquement, croyez-le bien. Dès qu'il y aura du nouveau, je me hâterai de vous prévenir.

A bientôt, j'espère. Tout à vous.

Jean-Marie

Mon cher ami,

Non, il n'y a pas de nouveau, ou du moins pas celui que vous attendez. Je vous écris parce que j'ai pris l'habitude de bavarder avec vous et qu'il s'est produit un petit événement — tout petit, en vérité — qui m'a fait plaisir, ce qui mérite bien d'être noté. J'ai rencontré, absolument par hasard — mais, dans le métro, il est inévitable qu'à la longue une moitié de la population rencontre l'autre — un garçon que j'ai bien connu autrefois, Hervé Le Dunff. Nous sommes allés boire un pot et peut-être va-t-il me trouver une occupation. C'est pourquoi je vous parle de lui.

Il a maintenant une trentaine d'années et il est à la tête d'une entreprise de transports qui, paraît-il, marche très bien. Il m'a remis en mémoire tout un fragment de mon passé sur lequel je croyais avoir tiré un trait mais que j'ai retrouvé moins estompé que je ne le croyais. Vous vous rappelez, sans doute, que j'avais fondé, à Rennes, un petit cercle qui se proposait d'étudier les cultes bretons de l'Antiquité jusqu'à nos jours. Nous nous réunissions une fois par semaine dans ma chambre. Nous n'étions pas nombreux, peut-être sept ou huit. Comme c'est loin, tout cela !... Ils avaient autour de dix-huit ans. Ils étaient curieux de tout, comme on l'est à cet âge. Mais, tandis que je portais sur le passé un regard d'historien (et d'historien déjà ébranlé dans sa foi, mais je ne le savais pas encore), ces garçons, dominés par l'un des leurs dont le nom m'échappe (je ne suis sûr que de son prénom : Ronan. Sa famille, si je m'en souviens bien, appartenait à une modeste mais ancienne noblesse... Ronan de quelque chose... D'ailleurs, peu importe !)... Bref, ces garçons s'intéressaient, eux, à l'avenir de la Bretagne, qu'ils voyaient de la manière la plus utopique. Je les avais mis en garde. Ils m'aimaient bien et me faisaient confiance. Hervé, surtout. Il était très malléable et, entre Ronan, Hervé et moi, il y avait une sourde lutte d'influence. J'aurais voulu empêcher Hervé de faire des bêtises. Ronan, lui, était une tête de mule.

Comme j'avais raison de craindre ! Ronan tua un commissaire... Une obscure histoire qui échauffa, en son temps, les passions de la droite et de la gauche. Je ne vais pas entrer dans les détails. Sachez simplement que le malheureux fut lourdement condamné à quinze ans de réclusion. Hervé, qui a du tact, s'est contenté de vagues allusions. Il a entendu dire que son ami avait été libéré, ce qui m'a fait plaisir car j'avais beaucoup d'estime pour Ronan.

J'ai eu la satisfaction de retrouver un Hervé posé, équilibré, bien installé dans la vie et prêt à rendre service, ce qui est rare. Il avait appris, naturellement, pourquoi j'avais abandonné mon poste à Rennes. Mais il fit montre d'une discrétion de bon ton. Et puis, les temps ont tellement changé ! Au fond, il a fait preuve à mon égard de la même indulgence que vous. Je lui ai dit que j'étais marié. Il m'a félicité. Je lui ai dit que j'étais chômeur. Il a voulu en savoir davantage, et je lui ai raconté l'épisode Langlois et mon échec dans l'épicerie. Je me suis, bien évidemment, gardé de lui parler des lettres anonymes. Je lui ai simplement fait remarquer que je n'étais pas facile à caser. Il a réfléchi, m'a posé quelques questions (mon âge, il l'avait oublié ; mes titres, il les ignorait, etc.) Il a pris quelques notes et moi, qui avais été dans une certaine mesure son professeur, je me tenais devant lui comme un gamin intimidé. Il m'a déclaré que « ça devait pouvoir s'arranger » et ces mots valaient pour moi le « Lève-toi et marche », qui rendirent la vie à Lazare.

« Maintenant que le hasard nous a réunis, dit-il, gardons le contact. Si je vois quelque chose pour vous, je vous préviendrai aussitôt. Où peut-on vous joindre ? » J'étais gêné de lui avouer que je n'ai pas le téléphone. Je lui ai donné le numéro du bistrot, me demandant si ces bonnes dispositions n'allaient pas disparaître, une fois franchie la porte du café. Mais non ! A la façon dont il m'a dit : « Comptez sur moi ! », en me serrant la main, j'ai compris que mon petit Hervé d'autrefois ne me laisserait pas tomber. Et, pour la première fois depuis longtemps, je me suis senti comme une cariatide qui fait relâche. Ouf ! Je reprends confiance. J'aurais peut-être dû lui parler des lettres anonymes ? Quand je le reverrai, je les lui montrerai ; parce qu'il est riche, il est fort, il est jeune. Il saura me conseiller. Je m'explique mal. Vous aussi vous me conseillez utilement. Ce que je veux dire, c'est que sa seule présence à mes côtés impressionnera l'ennemi qui me surveille. Allons ! Tout n'est pas perdu !

Je vous quitte, aujourd'hui, sur une note d'optimisme.

A bientôt, mon cher ami. Tout à vous.

Jean-Marie

— Ah ! tu peux dire que tu te fais désirer ! lança Ronan. Qu'est-ce que vous aviez à discuter le coup, ma mère et toi, pendant que je t'attends ?

— Tu sais comment elle est, répondit Hervé. Elle aimerait bien me flanquer à la porte et en même temps elle grille de savoir ce que tu me racontes. Alors elle me tient la jambe dans le vestibule. C'est notre terrain neutre, entre la rue et ta chambre. Comment ça va ?

— Eh bien, tu vois, je commence à me lever. Notre vieux con de toubib pense que le plus dur est passé, mais je me méfie toujours un peu. Tu sais combien je pèse : cinquante-trois kilos ! Je reviendrais de Dachau, je ne serais pas plus maigre. Il est vrai qu'en un sens, j'en reviens, justement... Tire-moi ce pardessus, que je voie notre Hervé dans toute sa gloire.

Hervé retira son léger pardessus. Complet en tissu anglais, couleur havane. Cravate ton sur ton. Chaussures de daim.

— Ma doué ! s'écria Ronan. Qu'est-ce que t'es chouette ! Assieds-toi. Tiens, prends mon fauteuil. Tu seras mieux pour allonger les jambes. S'agit pas de faire des poches aux genoux ! Un pantalon si chic ! Que dirait Yvette ?

— Je l'ai balancée. Elle devenait collante. L'Inquisition en personne. Je peux fumer ?

— Bien sûr... Tu peux même m'offrir une de tes blondes. Des Craven ? O.K.

— Tu as la permission ? demanda Hervé.

— Non. Je la prends. Alors ? Parle-moi de Paris.

Hervé souffla vers le plafond un anneau de fumée et garda le silence.

— J'ai rencontré Quéré, dit-il enfin.

Ronan bouscula sa chaise en se levant.

— Non ? Pas possible !

— Nous avons causé.

Ronan s'assit au bord du lit, tout près de son ami.

— Vas-y ! Comment l'as-tu rencontré ?

— Oh ! Très facile. J'ai fait semblant de me trouver par hasard sur le quai du métro en même temps que lui. Il m'a reconnu du premier coup.

— C'était quand ?

— Avant-hier. Nous sommes allés boire un verre ensemble. Il n'a pas l'air brillant. Le teint gris. La pauvre gueule, quoi ! J'ai eu l'impression de voir une bougie en train de couler. Il est de nouveau en chômage.

— Il t'a dit pourquoi ?

— Oh ! Il a prétendu qu'il n'avait aucune aptitude pour le travail qu'on attendait de lui. Il est resté dans le vague.

Ronan toussa, éteignit sa cigarette.

— Je ne suis pas encore bien costaud. Cette fumée me fait tourner la tête. Mais continue, toi. Il ne t'a pas parlé des lettres anonymes ?

— Non. Et justement, j'aimerais bien savoir. Tu aurais tout de même pu me dire ce qu'elles contenaient. Moi, je veux bien te faire plaisir, mais il y a des limites.

Ronan ramena frileusement sur ses genoux les pans de sa robe de chambre et sourit.

— On se révolte ! dit-il.

— Mais non. Il ne s'agit pas de ça. Seulement, j'ai le droit de savoir à quelles bêtises je suis associé. Est-ce que ces lettres ont un rapport avec le chômage de Quéré ?

Ronan lui donna sur le genou une tape affectueuse.

— Monsieur ne veut pas se mouiller ! Monsieur n'a pas tiré dix ans de tôle, lui !

— Écoute, Ronan...

— Je te rassure tout de suite. J'ai écrit des choses très anodines. *On ne t'a pas oublié... Tu ne l'emporteras pas en Paradis...* Des trucs comme ça, juste pour le taquiner. Ce n'est pas bien méchant, tu peux me croire. Tu penses bien que je ne t'aurais pas demandé de mettre ces lettres à la poste, si elles avaient été compromettantes.

Il éclata de rire et reprit :

— Tu n'as pas confiance, hein ? Tu te dis : « Ce vieux Ronan me mène en bateau ! » Eh bien, tu as tort. Si l'affreux Quéré est en chômage, ce n'est pas à cause de moi. Mais tu n'attends pas que je le plaigne, non ?

Hervé hésita.

— Non, non, dit-il. Mais je voudrais savoir une bonne fois où je mets les pieds. Tu as souhaité que j'expédie ces lettres. Je l'ai fait. Tu as souhaité que je rencontre Quéré. Je l'ai fait. Et maintenant ?

— Tu continues, pardi. Tu le revois. Tu l'invites à déjeuner. Il t'emmène chez lui. Il te présente à sa femme. Tu la séduis. Tu couches avec.

Ronan s'allongea sur le lit pour rire à l'aise.

— Excuse-moi, bredouilla-t-il. Si tu voyais ta tête ! Tu es impayable. Sacré Hervé !

Il se releva et retrouva sa voix normale, mi-sérieuse, mi-ironique.

— Tu permets que je m'amuse un peu ! Ici, ce n'est pas précisément le palais de la rigolade. J'en reviens à notre affaire. Ce que je te demande — mais nous avons déjà parlé de ça — c'est de me raconter la vie de l'ignoble Quéré. Ce n'est pas de l'espionnage. Tu ne trahiras personne. Tu seras un témoin, pas plus.

— Mais pourquoi ?

Ronan regarda un point dans le vide, au-delà de la fenêtre et des toits. Il hocha la tête.

— Un besoin comme ça, murmura-t-il. Je ne peux pas t'expliquer. Ça m'apaise de savoir ce qu'il pense, ce qu'il fait, qu'il est en chômage, qu'il a une pauvre gueule. Ma mère dit quelquefois que le malheur des uns fait le bonheur des autres. Elle ne s'en doute pas, mais elle n'est pas bête, ma mère ! Les malheurs de Quéré m'ouvrent l'appétit. Voilà ! Tu sais à la mémoire de qui je les dédie ! Mais si tu as l'impression que je te force la main, laisse tomber.

— Je vois, dit Hervé.

— Idiot ! Tu ne vois rien du tout. Personne ne peut voir. Je te demande simplement d'être avec moi, sans me juger, en me faisant confiance. Tu me refuserais ça ?

— Non. Du moment que tu ne m'obliges pas à...

— Voilà ! Je ne t'oblige à rien. Ta conscience restera aussi blanche qu'une tourterelle.

Ronan s'appuya du coude sur l'épaule d'Hervé, en un geste plein d'amitié.

— Mon pauvre vieux, reprit-il. Si je n'étais pas hors de combat, je me débrouillerais tout seul, tu peux en être sûr. Merci d'être ma béquille. Dans quelques semaines, j'espère bien que je n'aurai plus rien à te demander... Aide-moi un peu.

Il s'appuya sur Hervé et se mit debout.

— Continue !

— Que je continue quoi ? demanda Hervé.

— Eh bien, tout. Nous en étions restés aux lettres anonymes. Il ne t'en a pas parlé. Bon. Et après ? A-t-il un nouveau travail en vue ?

— Non. Il est complètement cafardeux.

— Excellent !

— Je lui ai laissé entendre que je pourrais peut-être faire quelque chose pour lui.

— Bravo ! Tu allais me cacher ça. Tu as vraiment l'intention de...

— Oui et non.

— Ah ! tu es admirable ! Oui et non ! C'est bien toi, ça. Naturellement, tu lui diras que tu t'occupes de lui mais tu n'en feras rien. Nous le laisserons mariner dans son jus. Une petite cure de découragement, ça n'a jamais fait de mal à personne. Je suis payé pour le savoir.

— Et s'il trouve du travail par ses propres moyens ?

— Ce que tu peux être raisonneur, aujourd'hui ! Tu as confiance en moi, oui ou non ?... Tant mieux pour lui, s'il trouve du travail, mais ça m'étonnerait. Est-ce que sa femme est au courant ?

— Pour les lettres ? Comment veux-tu que je le sache ?

— Non... Pour le reste.

— Ça, je l'ignore.

— Il faudra que tu te renseignes, en douce.

— C'est important ?

— Très. Mais, tu ne m'as pas dit. Il a dû être très étonné de te voir. Moi, à sa place, ça m'aurait fichu un coup. Alors, il n'a pas paru gêné de te rencontrer ?

— La gêne, tu sais, je crois que c'est un sentiment qu'il n'a plus les moyens de se permettre.

Ronan lui caressa la nuque.

— Bien, Hervé. J'aime ta formule. Mais tu es sûr qu'il ne t'a pas parlé de moi ? Une allusion... Un mot en passant ?

— Non. C'est moi qui lui ai dit, mais sans m'étendre, que tu avais été libéré. Il n'avait pas l'air de bien se rappeler. Notre petit groupe... le Front celtique... tout ça, c'est de l'histoire ancienne.

— C'est quand même formidable ! s'écria Ronan. Attends ! On va lui rafraîchir...

Il y eut, derrière la porte, un bruit d'assiettes remuées.

— Ronan !... Ronan !... Ouvre ! C'est maman.

— Elle m'oblige à faire quatre heures, comme quand j'étais môme, grommela Ronan. Tu te rends compte : les tartines grillées, la compote, la serviette nouée autour du cou. Il vaut mieux que tu t'en ailles. Pas de voyeurs, ici, quand Bébé mange son goûter. Au revoir, vieux, et merci pour tout.

Cher ami,

Dans votre dernière lettre, vous me dites que c'est un poste de professeur qui me conviendrait le mieux. Bien sûr, et c'est pourquoi je guette le courrier avec tant d'impatience. Malheureusement, jusqu'à présent les réponses sont négatives. Hier encore, j'ai reçu une lettre du cours Boris-Vian. (On se met à la page. Il y avait une faute d'orthographe dans le texte ; je veux bien croire qu'il s'agit d'une étourderie de la dactylo.) Rien. Il n'y a rien pour moi. En attendant, j'ai déposé chez les commerçants des annonces. *Préparation au baccalauréat par professeur licencié. Donne également leçons d'anglais.*

Ce n'est pas très bien rédigé. Il aurait fallu quelque chose de plus ronflant. Mais j'aurais l'air de snober le droguiste, le boulanger, l'agent immobilier, qui ont bien voulu accepter mon affichette. Ils me connaissent tous. Surtout le bistrot que j'allais oublier. Ce sont des gens simples, avec qui il convient de rester simple. Je passe les voir de temps en temps. Ils secouent la tête, de loin. Pas besoin d'engager la conversation. J'ai compris. Mais, je vous le demande, qui aurait l'idée de s'adresser à moi pour prendre des leçons d'anglais ou de philosophie ? Va-t-on pêcher un répétiteur chez un droguiste ?

Et puis, ces annonces, ça sent d'une lieue le minable, le fauché. On se méfie. La vérité, mon cher ami, je vais vous la dire : nous autres, les chômeurs, nous sommes des Intouchables, comme si nous portions autour de la tête non pas un halo de sainteté, mais un nimbe de déveine, une auréole maléfique. « Écartez-vous, bonnes gens. Voici l'Impur qui approche ! »

Et moi, bien entendu, je suis doublement intouchable. Ne protestez pas. Tout au fond de vous, vous le pensez. La preuve, c'est que vous priez pour moi.

Mais laissons cela. J'ai sous les yeux des spécimens de tests auxquels il faut répondre en un temps très court. Vous pourrez vous exercer, si le cœur vous en dit. Moi, je trouve ahurissant qu'on pose sérieusement des devinettes à de pauvres bougres qui, à force d'attendre, finissent par se foutre de tout.

Premier exemple :

Laquelle des actions suivantes servira le mieux à améliorer les résultats d'un vendeur ? 1) *Inviter les clients éventuels à dîner ?* 2) *Lire les publications récentes et relatives à son activité ?* 3) *Prendre des leçons de psychologie ?* 4) *Lire tout ce qui traite des théories économiques ?*

C'est joli, n'est-ce pas ? L'invitation à dîner ! Vous n'avez plus le rond mais vous emmenez vos clients chez *Maxim's*. Et les leçons de psychologie ? Est-ce assez malin ? Vous étudiez les petites annonces, pour quoi faire ? Des leçons de psychologie, voilà le salut. J'ignore quelle est la bonne réponse, mais vous voyez l'astuce : étourdir le candidat, le pousser à se tromper, éliminer férocement le malheureux qui hésite trop longtemps.

Il est vrai que tous les tests ne sont pas de ce style. Vous en avez de légers, je dirais même de guillerets. Exemple :

Sous lequel des titres suivants un même livre se vendrait-il mieux ? 1) *Chantez pour votre dîner ?* 2) *Comment chanter pour de l'argent ?* 3) *Sérénade au dollar ?* 4) *Manuel d'étude d'élocution.*

Moi, j'aime tout spécialement *Sérénade au dollar.* Ça me rappelle les romans de Langlois. Mais *Chantez pour votre dîner* n'est pas mal non plus. La cavatine en échange du gueuleton. Avis aux cigales en chômage. Je pourrais vous citer comme ça des tests à n'en plus finir. Tenez, encore un, au hasard :

Laquelle des qualités suivantes est la plus importante pour vendre des brosses en porte à porte ? 1) *Amabilité ?* 2) *Allure ?* 3) *Persévérance ?* 4) *Personnalité ?*

Attention ! Il s'agit de vendre des brosses. Pas des peignes, ni des cure-dents, ce qui exigerait des qualités très différentes. Alors, ayez de l'allure, costume à deux mille francs, attaché-case en crocodile, l'œillet à la boutonnière et l'œil velouté. C'est bien le diable si vous ne placez pas une brosse à vingt francs. Et quand vous parcourez ces questions, un mot revient sans cesse : vente, ou vendeur, ou vendre... « Vous êtes un nouveau vendeur »... « Quel est le fait qui caractérise le mieux un bon vendeur? »... « Quelle serait la meilleure manière d'approche à adopter pour un vendeur qui... », etc. La tête vous tourne. Chacun de ces tests suggère que vous devez vous battre... contre le concurrent, contre le client, contre la montre... Devenez un redoutable prédateur. Dévorez pour n'être pas dévoré. Quoi que je fasse, tout me remet sous les yeux l'image du zèbre égorgé. Je pense que les lionnes aussi doivent passer des tests!

Mais je suis injuste : il y a des questionnaires qui ne vous brutalisent pas. Ils vous tendent un miroir complaisant et vous invitent à jouer avec vous-même. Exemple :

Vous a-t-on reproché d'être têtu, vous pouvez rectifier cette opinion en choisissant un adjectif dans la liste suivante : persuasif, bon cœur, timide, bienveillant, gentil? Vous prend-on pour égoïste? Il vous est permis de vous dire : équilibré, coopératif, tolérant ou amical. Et ainsi de suite. Mais malheur à vous si, sans défiance, vous donnez de vous une idée trop avantageuse. Vous êtes cuit!

N'oubliez jamais que vous êtes un solliciteur, donc un vaincu. Il y a des adjectifs auxquels vous n'avez pas droit. Pas plus que vous n'avez le droit de voyager en première avec un billet de seconde. Et pourtant, comme il serait reposant de se déclarer : dynamique, généreux, satisfait, créateur ou charmant! Ces mots vous sont tendus comme des fleurs. On voudrait les respirer, les prononcer à voix basse. Allons! N'insistez pas! Et passez vite! Ne faites pas attendre ceux qui piétinent derrière vous.

J'ai posé ma candidature à un poste de correcteur dans une grande imprimerie. A tout hasard. C'est pourquoi je ne vous en ai pas parlé. Il m'a fallu rencontrer le consultant. Vous ne savez certainement pas comment fonctionne une agence matrimoniale. Vous êtes reçu par une personne qui s'informe de vos goûts, de vos désirs, et fouille dans le répertoire des âmes sœurs pour vous dénicher une partenaire adéquate. Le consultant est un monsieur dont le rôle est de vous offrir non plus une fiancée mais une profession. (En réalité, c'est plus compliqué mais je simplifie.) Vous êtes reçu dans un vaste bureau par un personnage distingué, à l'œil inquisiteur. Dès que vous avancez vers la chaise qui vous est désignée, vous commencez à être pesé... votre démarche, votre gaucherie, votre timidité. Ensuite, c'est votre parole qui est écoutée, appréciée, expertisée. Vous êtes devant quelqu'un qui est à la fois un juge, un médecin et un confesseur. « Depuis combien de temps, mon fils, êtes-vous sans travail ? »

Ah ! mon cher ami, laissez-moi plaisanter pour adoucir mon amertume. Une fois de plus, mais oralement, ce qui rend la chose plus pénible, vous déballez votre pauvre vie : lieu de naissance, date, et tout le reste. Votre adversaire prend des notes, car, derrière l'apparence amicale du consultant, se cache un examinateur qui, *a priori,* vous soupçonne de mentir.

A juste titre, d'ailleurs. Car à lui aussi, j'ai servi la fable que j'ai imaginée pour Hélène : pourquoi apprendrait-il que je n'ai jamais été employé chez mon père. De quel droit ? Je suis chômeur, soit. Mais ma vie privée ne fait qu'un avec ma dignité d'homme. Voyez-vous : ce qui me plaisait, chez Langlois, c'est qu'il ne posait jamais de questions. Il me semble que ce qui caractérise le plus profondément la liberté, c'est de pouvoir se taire. Alors pourquoi ce bonhomme, qui s'estime qualifié pour farfouiller dans votre intimité, me demande-t-il la raison de ma démission ? J'avais une place intéressante dans ce self-service, et j'ai tout lâché sans crier gare. Ça l'intrigue. Étais-je malade ? Surmené ? Il sonde mes réponses, me regarde d'un air réprobateur. Quand on a un travail, on ne l'abandonne sous aucun prétexte. Il ne s'agit pas de savoir s'il vous plaît ou non. « Le problème de l'emploi est grave, cher Monsieur. (C'est lui qui parle.) Il faut savoir se contenter de ce qu'on a !

— Mais enfin, est-ce que j'ai des chances ?

— Ce n'est pas moi qui décide. Vous serez prévenu. »

Bien entendu, j'ai été éconduit. Je vous raconte cet épisode je ne sais pas pourquoi. Il est sans importance. Je pense qu'il y en aura beaucoup d'autres semblables. Mais si, en vérité, je sais pourquoi je vous raconte tout cela. C'est que je fais l'expérience de la pauvreté ; je veux dire de la mendicité sans main tendue. La mendicité organisée, légalisée, réglementée. Vous employez peut-être encore dans vos leçons ce mot de charité. Sachez qu'on doit parler d'indemnisation ; ce qui donne à la chose un faux air de justice. On nous sait susceptibles. Bien sûr, nous ne sommes pas des bancroches, des bigleux, des stropiats, mendigotant aux portes des églises. Mais où il y a queue, il y a misère.

La salle d'attente du consultant était pleine de pénitents venus avouer leurs péchés dont le plus impardonnable est celui d'exister. Non, je ne suis pas neurasthénique. Hélène le croit et elle a tort. Elle a bien changé, Hélène. Elle ne fait plus la fine bouche. Elle me presse, maintenant, d'accepter n'importe quoi, ou presque. Elle voit, comme moi, que si nous en sommes réduits à emprunter, nous n'en sortirons plus. Alors, elle me reproche mon « apathie ». Elle dit que je me cherche toutes sortes de bonnes raisons pour me croiser les bras. Nous avons, depuis quelque temps, exactement depuis l'épisode du self-service, de fréquents accrochages. D'une réplique sur l'autre, nous nous faisons du mal.

Hélas ! J'ai cru, moi aussi, qu'il est facile de pardonner, vous savez, le pardon des injures. Encore une pieuse calembredaine. Tout ce qui entre dans la mémoire y reste tatoué. Le souvenir des coups est indélébile, même si la bouche dit le contraire. « Apathie » est un coup. « Neurasthénie » est un coup. Impossible de revenir en arrière ; c'est toute la philosophie du repentir qui est à revoir. Il est facile d'avoir des regrets quand on est assuré du lendemain, mais quand c'est justement le lendemain qui fait problème, quand l'avenir est pourri, on sait bien qu'on ne pourra plus jamais repartir à zéro.

Cela, Hélène le sent confusément. Certains silences tendent entre nous comme des rideaux de brume. Solitude ! Vide ! Froid ! Reproches qui se déposent sur le cœur comme des flocons de neige. Et tout ça parce qu'il me manque, au bout du mois, quelques centaines de francs ! L'amour, mon cher ami, est une machine à sous.

A bientôt. Fidèlement vôtre.

Jean-Marie

Le téléphone sonne.

— Reste tranquille, dit Mme de Guer. J'y vais.

Ronan et sa mère déjeunent, face à face, dans la salle à manger trop grande. Ronan a eu la permission de descendre. Il grignote une côtelette, sans appétit. Par la haute porte à double battant, il voit la vieille dame, dans le salon, qui prend une chaise et s'assied, avant de décrocher.

— Allô?... Ici, Mme de Guer... Ah! C'est vous, monsieur Le Dunff.

Elle jette un regard furieux du côté de son fils, comme s'il était responsable de ce coup de téléphone.

— Il ne va pas trop mal...

Ronan traverse la salle à manger, sa serviette à la main. Elle le chasse du geste; son visage exprime la contrariété tandis que sa voix reste aimable.

— Non... Le docteur ne lui permet pas encore de sortir.

Elle plaque sa paume sur l'appareil et s'écrie, en colère :

— Va finir ta côtelette.

Puis elle enchaîne, tout sucre et tout miel.

— Vous êtes trop aimable de vous intéresser à sa santé comme vous le faites... S'il a une commission ?... Ah ! Vous désirez lui parler... C'est que...

— Donne ça, grogne Ronan.

Il lui enlève le téléphone, mais elle a le temps d'ajouter, de l'air le plus bienveillant : « Je vous le passe », avant de dire, avec rage : « Quel toupet ! On ne peut même plus déjeuner tranquille... Tâche de faire vite. »

Elle s'éloigne de quelques pas, redresse un bouquet de lilas, dans un vase.

— Bonjour, dit Ronan. Mais non, tu ne déranges pas. D'où m'appelles-tu ?

— Du Mans, dit Hervé. Un repas d'affaires. Je retourne à Paris ce soir. Je te téléphone parce que j'ai revu Quéré.

— Très bien.

— Je me suis arrangé pour le rencontrer en fin d'après-midi ; je voulais avoir une soirée libre et j'ai bien fait parce qu'il m'a emmené chez lui.

— Pas possible ! dit Ronan.

Sa mère hoche la tête, lève les yeux au ciel et se résigne à retourner dans la salle à manger.

— J'ai l'impression, continue Hervé, qu'il y a de la brouille dans le ménage. Il était content de m'emmener chez lui, comme s'il avait redouté de se retrouver en tête à tête avec sa femme. En même temps, il était embêté de me montrer un intérieur qui était peut-être décourageant.

— Pas de psychologie, tranche Ronan. Qu'est-il arrivé ?

— Tu avais raison, pour sa femme. Il m'a recommandé de ne faire aucune allusion devant elle au temps où nous étions ses élèves.

— La vache !

Mme de Guer sonne la bonne.

— Réchauffez la côtelette de Monsieur, ordonne-t-elle avec aigreur. Je vois qu'il en aura pour longtemps.

— Ce qu'il peut être faux jeton ! reprend Ronan. Et ça s'est passé comment ?

— Bah ! Sans histoire. Ils habitent un petit trois-pièces banal, mais bien tenu. Il sème des mégots un peu partout. Il y a des cendriers sur tous les meubles. Mais à part ça, je m'attendais à pire. On sent la présence d'une femme de goût.

— Oh !

— Je t'assure que oui. Ils se serrent peut-être la ceinture, mais on devine qu'il y a une femme qui aime les jolies choses. Du premier coup, je l'ai remarqué.

— Je te fais confiance. Toi et les femmes !... Alors, comment est-elle ?

Mme de Guer, soupçonneuse, tend le cou pour surveiller son fils.

— Pas mal du tout, dit Hervé. Mon impression s'est confirmée. Avec une étoffe de rien du tout, elle s'était fait un ensemble tout à fait chic. La robe n'était peut-être pas coupée artistement, mais déjà qu'une femme renonce à ces pantalons qui leur font un cul de jument, ce n'est pas mal.

Ronan rit de bon cœur.

— Un cul de jument, tu vas fort !

Mme de Guer sursaute et s'avance jusqu'à la porte du salon. De loin, Ronan lui fait signe de s'éloigner et questionne :

— Est-elle jolie ?

— Disons que je la trouve à mon goût, reprend Hervé. Bien balancée. Il faudrait voir au lit ce qu'elle donne.

— Tu es répugnant. Et après ? Vous n'êtes pas restés à vous regarder.

— On a causé. Il m'a présenté comme si j'avais été un ancien voisin perdu de vue. Il était dans ses petits souliers. Tout juste s'il ne rougissait pas.

— Il doit pourtant être habitué à mentir.

— C'est un drôle de bonhomme, dit Hervé. Ne saute pas au plafond, mais j'avoue qu'il gagne à être connu dans l'intimité. Autrefois, il nous en imposait, forcément. Mais, maintenant ! C'est un pauvre type moralement démoli.

— Je regrette, dit Ronan, âprement. Pour lui, il n'y aura jamais prescription.

— Attends, reprend Hervé. Ne t'emballe pas. J'essaye de te raconter... tout... très exactement. Il est certain que ce problème du chômage les mine. On n'a pas parlé d'autre chose. C'est elle qui a fait allusion aux lettres anonymes. Elle est franche et directe. Puisque j'étais un ami de son mari, pourquoi n'aurais-je pas été mis au courant ? J'ai très bien compris, aux regards de Quéré, qu'elle venait de commettre un impair. Il était inquiet et furieux.

— Elle te les a lues ?

— Non. Quéré a tout de suite détourné la conversation.

— Donc, il a compris d'où vient le coup ?

— Pas du tout. Tu penses bien que s'il t'avait soupçonné, sachant que nous sommes de vieux copains, il ne m'aurait pas invité chez lui. Mets-toi à sa place. Non. Toi, tu es complètement sorti de sa vie.

— Alors, il soupçonne bien quelqu'un. Qui ?

— Mais justement. Personne ! C'est même ça qui les ronge, tous les deux.

Ronan mordille un ongle. Il regarde sa mère mais sans la voir, puis il remarque sa présence, écarte le téléphone de sa joue et murmure :

— J'ai fini. J'arrive.

— Allô, dit Hervé. Tu m'entends ?

— Oui. Je réfléchissais... Son boulot, tu sais, dans l'épicerie... C'est lui qui l'a lâché ?

— C'est du moins ce que j'ai compris. Ta seconde lettre a été lue par quelqu'un du personnel et Quéré a préféré partir. J'aimerais bien savoir ce qu'elle contenait. Car enfin, si elle avait été aussi anodine que tu le prétends, il n'aurait pas paniqué de cette façon.

— Tu dois les revoir ?

— Tu évites de me répondre, salopard ! Oui, je les reverrai sûrement. Et tu sais pourquoi ? Parce qu'ils me sont sympathiques.

— Elle surtout !

— Tous les deux. Ils sont tellement désarmés !

— Et moi, je ne l'étais pas, désarmé ?

— D'accord. Mais tout ça est tellement vieux... Enfin, ça te regarde. Je ne prends pas parti, note bien.

— Tout ce que je te demande, dit Ronan d'un ton sec, c'est de me tenir au courant... Merci... A bientôt... Ah ! S'il se recase quelque part, préviens-moi aussitôt.

Il raccroche.

— Eh bien, dit sa mère. On peut se remettre à table, maintenant. Qu'est-ce qu'il te voulait, ce garçon ? Comme si c'est une heure pour téléphoner ! Il a l'air bien élevé, pourtant.

— Il te salue, répond Ronan.

— C'est la moindre des choses. Vous parliez de femmes... Bon, bon, ça ne me regarde pas. Mais, quand on est encore malade comme tu l'es...

— Écoute, maman...

Soudain, il bouchonne sa serviette, la jette sur la table et sort en claquant la porte.

Jean-Marie relit la lettre. Sa mains tremblent.

Monsieur

Notre collègue, M. Blanchot, qui est chargé d'une classe de quatrième et d'une classe de troisième, vient de tomber malade et doit subir une opération assez grave. Puisque vous êtes disponible, voudriez-vous passer d'urgence à mon cabinet. Je vous mettrai au courant des tâches qui vous incomberont si toutefois vous acceptez de collaborer avec nous, comme je l'espère, et vous pourrez prendre votre service aussitôt.

Veuillez agréer, Monsieur, l'expression de mes sentiments distingués.

Le Directeur,
Lucien Aujan.

Beau papier. *Cours Charles-Péguy*. Cela semble sérieux, fait bonne impression. *Rue de Prony XVIIe*. Quartier élégant. « Sauvé ! », pense Jean-Marie. Il ne perd pas une minute. Il enlève le vieux pull-over et l'informe pantalon qu'il porte à la maison, et revêt son costume gris encore très présentable. Enfin, la chance a tourné! Des gosses de troisième et de quatrième. L'idéal! Il faudra acheter quelques livres, une grammaire, un carnet pour inscrire les notes. Autant de pensées riantes qui lui rappellent son enfance et les jours de rentrée. Un coup d'œil à la glace, il n'a pas mauvaise apparence. Le visage un peu fripé, évidemment; il vaudrait mieux avoir l'air plus gai, à cause des gamins. Il descend l'escalier, porté par une joie oubliée. Ce que c'est bon! Cela fond dans l'âme comme une sucrerie dans la bouche. Il s'arrête chez l'Auvergnat pour téléphoner à Hélène.

— Vous avez l'air d'un nouveau marié, dit le cafetier. Ça va donc comme vous voulez?

— Oui. Ça va très bien. Merci.

Le téléphone est sur le comptoir du bar. Gênant de parler devant les clients qui, déjà, prêtent l'oreille.

— Allô... C'est vous, madame Mathilde?... Voulez-vous faire une commission à Hélène?... Oui, c'est M. Quéré à l'appareil... Non. Ne la dérangez pas. Dites-lui simplement qu'il y a du nouveau... du bon nouveau. Elle comprendra... Merci.

— Un petit calva, propose le bistrot.

— Pas le temps. J'ai un rendez-vous urgent.

Il y a des mots, comme ça, qui enchantent l'oreille... Un rendez-vous! Quelqu'un qui sait qu'il existe et déjà s'intéresse à lui! Il est comme un prisonnier qui vient d'être gracié. La vie était prêtée; désormais, elle lui appartient. Il en est le maître. Il a envie de dire : « Faites, Seigneur, que ce M. Blanchot soit longtemps malade et que je garde sa place! » Après tout, c'est tout aussi logique et franc que le :

« Donnez-nous aujourd'hui notre pain quotidien. » C'est la même chose. Le pain quotidien, il faut bien le prendre à quelqu'un !

Métro. Quéré suppute ce qu'il devrait gagner... Autour de 4 000 ?... Et puis, peu importe ! Il acceptera ce qu'on lui proposera et encore il dira merci. Il cherchera à plaire. Il sera attentif et câlin, comme un chien de cirque qui guigne le morceau de sucre. Après des mois et des mois de chômage, on est bien dressé !

Il pénètre dans la cour. Il est anxieux, maintenant. Il ne le tient pas encore, ce poste !

Mon cher ami,

Ouf, ça y est ! Depuis la semaine dernière, je suis professeur au cours Charles-Péguy. J'aurais voulu vous écrire tout de suite, mais j'ai dû entrer en fonction sur l'heure et je n'ai pas eu une minute pour vous dire ma joie et mon immense soulagement.

Cela s'est fait très facilement. Celui que je remplace est tombé malade et le directeur, qui avait reçu en son temps ma lettre de candidature, s'est souvenu de moi et m'a convoqué. Voilà ! Et maintenant, je règne sur une quarantaine de gosses, garçons et filles ; peut-être devrais-je dire, d'ailleurs, qu'ils règnent sur moi. La partie est indécise. Je m'attendais à trouver des enfants semblables à ceux d'il y a trente ans. Quand j'avais leur âge, un professeur, pour moi, c'était comme un lieutenant de Dieu. Les gamins auxquels j'ai affaire savent, eux, que leurs parents gagnent beaucoup plus d'argent que moi. Dès lors, comment les impressionnerais-je ? Dans la hiérarchie du compte en banque, je ne suis qu'un personnage sans consistance. Ils arrivent en voiture, à moto, et moi, je prends le métro.

Mon prédécesseur était férocement chahuté. C'est pourquoi il a préféré s'en aller. Il n'en pouvait plus. Mais moi, ils ne m'auront pas. Ils n'ont que l'insolence. Moi, j'ai l'ironie. Ils sont sans défense contre une formule cinglante. Et quand on a, comme moi, sa peau à défendre, on a de merveilleuses trouvailles de méchanceté. Et puis, ce qui achève de me sauver, c'est leur totale, leur insondable, leur abyssale ignorance. Ils ont un vocabulaire qui est à peu près celui des bandes dessinées, fait de bruits plus que de mots. Beaucoup d'entre eux ont déjà été mis à la porte de plusieurs lycées. A quinze, seize ans et plus, ils prennent des airs de légionnaires rengagés ; quant aux filles, elles sont fardées, hardies, déjà femelles.

Mettons que je pousse au noir. C'est mon défaut. Mais j'exagère à peine. Et défense de sévir. Il faut durer. C'est ce que le directeur, qui ressemble à un vieil imprésario revenu de tout, appelle : « Avoir du doigté. » Avec moi, il peut être tranquille. J'aurai un doigté de virtuose. Je saurai m'accrocher. Car il ne paye pas mal, pour le pauvre bougre exsangue que j'étais devenu, c'est comme une transfusion.

Sensation indicible que de sentir monter la sève. Ah ! Mon cher ami, le printemps de l'argent ! Décidément, c'était Langlois qui avait raison quand il disait... Mais non, ce qu'il disait ne peut être décemment rapporté. Avec l'argent, la paix est revenue à la maison. D'abord, Hélène est très fière de moi. Un mari professeur ! C'est une sacrée promotion. Et puis, il paraît que j'ai retrouvé un certain entrain et que j'ai meilleure mine. Enfin, il redevient possible de faire des projets. Nous avons des choses à acheter, une garde-robe à renouveler. Nous n'osions plus compter, découvrir sous les chiffres la grimace de la disette. Maintenant, très doucement, sur la pointe des pieds, nous remontons la pente. Et tenez, c'est puéril mais je vous le dis quand même : j'ai acheté une boîte de Dunhill. Ce sont des cigarettes de luxe. J'en fumerai une, à la récréation. Eux qui ont toujours aux lèvres une bulle de chewing-gum ou un mégot, ils reconnaîtront l'odeur et ils fileront doux pendant une heure.

Vite, je cours à la poste. A bientôt.
Bien amicalement.

Jean-Marie.

Mon cher ami,

Je reprends paisiblement ma narration. Je vous le dis tout de suite : ça va, en dépit d'empoignades assez rudes avec deux ou trois loustics qui voudraient faire la loi. Au début, j'ai été très embarrassé parce que l'enseignement d'aujourd'hui ne ressemble plus à celui d'autrefois. Par exemple, j'ai entre les mains une grammaire qui grouille de mots tellement savants qu'un lexique serait le bienvenu. C'est d'ailleurs une arme aussi efficace que le lance-fumée des apiculteurs. La classe commence-t-elle à bouger, vite, ouvrons notre grammaire : en quelques minutes, l'hébétude fige la malice sur les visages. Bref, je dirai, pour résumer, qu'on ne signale sur le front qu'une activité sporadique. Reste le théâtre d'opérations du ménage.

Là aussi, la détente s'affirme. Mais j'ai cédé beaucoup de terrain. Si vous étiez marié, vous n'auriez pas de peine à me comprendre. J'ai traversé une période de repliement durant laquelle ma femme a pris toutes les initiatives. Langlois disait, parlant d'une maîtresse abusive : « Quand elle a froid, c'est moi qui dois mettre une laine. »

Il plaisantait, comme toujours, et pourtant c'était bien ça. J'ai pris l'habitude, insensiblement, de reculer, de lui laisser le soin des décisions. C'est elle, après tout qui me nourrissait. Et finalement, j'ai capitulé sur l'essentiel. Je l'ai accompagnée à l'église pour remercier le ciel de m'avoir trouvé un emploi. Si j'avais refusé, je l'aurais mortellement blessée. Naturellement, nous sommes allés assister à une messe en latin. Pour Hélène, pas de latin, pas de religion. J'ai écouté avec politesse ; je me suis levé, assis, agenouillé en même temps qu'elle. Je n'aurais pas dû être là et pourtant j'étais pénétré d'une grande douceur. Il est si facile de croire quand l'étranglement de l'angoisse se relâche !

Le peuple de Dieu, comme on dit maintenant, priait pour le Viêt-nam, pour le Tiers Monde, pour les prisonniers politiques et que sais-je encore, mais personne ne songeait à prier pour le pauvre bougre d'athée que je suis ! Même pas Hélène qui me croit ignorant des choses de la foi mais pas vraiment ce qu'elle appelle, avec quel mépris, « un sans-Dieu ». Qu'elle ne sache jamais !...

Et puisque je suis en train de vous raconter notre dimanche, devinez qui nous attendait devant la porte ? Ce garçon, dont je vous ai déjà parlé : Hervé Le Dunff. Il est charmant, attentif, empressé. Il plaît beaucoup à Hélène. Moi-même, je le revois avec plaisir, bien que je craigne toujours ses bavardages. Il a tenu absolument à nous emmener déjeuner. Il a eu le tact de ne pas nous éblouir en choisissant un restaurant très cher, mais il a su quand même nous régaler. Et quand il a appris que j'étais devenu, ou plutôt redevenu, professeur, il a commandé du champagne.

— Êtes-vous content de vos élèves ?

Le virage dangereux de la conversation. Il se tourne vers Hélène.

— Votre mari était tellement...

De la pointe de mon soulier, je lui touche le pied. Il se reprend aussitôt, après un coup d'œil de connivence :

— Il était tellement calé sur toutes sortes de choses ! Ses élèves ont de la chance de l'avoir pour maître !

Hélène, le teint animé, les yeux brillants, était suspendue à ses lèvres. Je me hâtai de changer de sujet, mais elle insistait.

— C'était sa vocation, n'est-ce pas, monsieur Le Dunff ? Pourquoi n'a-t-il pas poursuivi ses études ?

— C'est vrai, dit Hervé. Vous auriez dû ! Nous nous sommes souvent demandé, mes amis et moi, pourquoi vous aviez renoncé ?

Il y avait, dans son regard, une espèce de perfidie amusée. Non, le mot n'est pas juste. Sûrement pas de la perfidie. Plutôt de l'espièglerie. Je connais mon Hervé. Il n'a pas changé. J'abrège. Nous avons bu à mon succès. Puis au sien, car il développe sans cesse son affaire et, maintenant, songe à organiser des voyages touristiques : Rennes-Brest, par Saint-Brieuc-Perros-Guirec ; Rennes-Le Mont-Saint-Michel, par Dinan-Saint-Malo, etc. Il a l'étoffe d'un vrai patron et je me sens en sécurité près de lui. Hélène s'est absentée un moment pour se remaquiller et il m'a demandé si j'avais reçu de nouvelles lettres anonymes. Je lui ai dit que non et cela lui a fait plaisir.

— Elles contenaient quoi exactement? Des menaces?

J'aurais préféré que nous parlions d'autre chose, mais, comme il insistait, je lui ai récité, non sans honte, le texte de la deuxième, et j'ai lu, sur son visage, non seulement la surprise mais l'incrédulité.

— C'est incroyable! dit-il.

— Les deux lettres portaient le cachet de la rue Littré; c'est-à-dire tout près de la gare Montparnasse.

— Sans doute pour égarer vos soupçons, a-t-il observé.

— Vous ne pensez pas que quelqu'un de Rennes...?

— Certainement pas.

— Mais ici, je ne fréquente personne. Je n'ai nui à personne.

Je vous rapporte ces propos parce que Hervé a eu les mêmes réactions que vous. Et il m'a donné les mêmes conseils que vous. Ne plus me tourmenter. Tirer un trait sur ces lettres plus bêtes qu'odieuses. Malheureusement, ce n'est pas facile. Si je vous disais que j'éprouve encore une vague terreur, quand j'ouvre ma boîte aux lettres ou bien mon casier, au cours Charles-Péguy, comme si j'allais poser la main sur une chose froide et vivante!

— Il ne vous arrivera plus rien, m'a déclaré Hervé, avec autorité.

Il a ajouté, très vite, tandis qu'Hélène revenait vers notre table :

— Prévenez-moi si la persécution continuait. Mais je suis à peu près sûr que c'est fini.

Le pauvre garçon ! Comme s'il y pouvait quelque chose ! Malgré tout, la chaleur d'une digestion heureuse aidant, je l'ai cru. Et peut-être, en effet, ne se passera-t-il plus rien. Je ne résisterais pas à une nouvelle agression. Un métal qui se contracte, puis se dilate, puis se contracte encore, ne tarde pas à casser. Alors, mon cœur...

Hervé nous a ramenés dans sa belle voiture de sport. Nous étions serrés mais, pour un peu, Hélène aurait battu des mains. Elle a trouvé que nous étions trop vite arrivés.

— Vous voulez faire un tour ? a proposé Hervé.

Hélène me regardait d'un air suppliant.

— Allez-y, vous deux, ai-je dit. Moi, je suis un peu fatigué. Qu'elle s'amuse. Je ne suis pas toujours un compagnon bien gai. Mais si je réussis à conserver ma place — et pourquoi pas ? — il me semble que je réapprendrai à sourire.

Merci de vos lettres si affectueuses. Je ne mérite guère votre amitié.

A vous.

Jean-Marie.

Ronan fait sa première vraie sortie, au bras de sa mère. Il aurait préféré être seul. Et d'ailleurs, elle ne lui serait pas d'un grand secours, s'il avait soudain besoin d'un appui. Ils sont allés en taxi jusqu'au grand jardin du Thabor, et maintenant ils marchent à tout petits pas, dans une allée, au soleil.

— A quoi penses-tu ? demande-t-elle.

— A rien.

Il ne ment pas. Il regarde les fleurs, les moineaux qui sautillent devant lui, les feuillages tout neufs. Son corps aussi est neuf. Encore un peu branlant, et mou en dedans, mais heureux d'un bonheur plein de honte. C'est Catherine, qui devrait marcher près de lui. Ce soleil, il le lui vole. Cette paix d'un après-midi plein de parfums, de ronflements d'ailes, de bourdonnements d'insectes, il le lui vole. Il est là, au bras de cette vieille femme en deuil, comme un rescapé qui s'en veut de survivre et qui préfère ne plus se rappeler, se contenter d'être ce merle, cette feuille qui flotte sur le bassin, l'ombre de ce nuage sur la pelouse.

— Tu n'es pas fatigué ?

— Non.

— Un peu, quand même.

— Puisque je te dis que non.

— Je vois un banc, là-bas. On y sera bien.

Inutile de discuter. En acceptant de sortir, il a accepté d'avance toutes les défaites. Ainsi, le taxi. C'était pour éviter les rencontres, les commentaires, car l'opinion publique a la mémoire longue. Le Thabor, c'est parce qu'il est peu fréquenté au début de l'après-midi. Mme de Guer, née Le Corre du Plouay, ne permet pas qu'on chuchote, sur leur passage

Elle installe son fils sur le banc, un peu à l'ombre, un peu au soleil, sort son tricot. Les aiguilles commencent à jouer avec la lumière. Et Ronan s'assoupit. Il tricote lui aussi de petits éclairs de conscience. Pourquoi le Thabor ? Il y a une autre raison... La cathédrale, sans doute... Elle est là, à deux pas, en bordure des arbres... Au retour, comme par hasard, on passera tout à côté. Le hasard concerté, elle sait en user, la digne femme. Derrière la raison avouée, il y en a toujours une autre, comme un crabe sous un galet. Elle dira qu'une petite halte leur fera du bien. Le moyen de refuser? Il sera bien forcé de l'accompagner, de s'asseoir près d'elle, devant l'autel. Il l'entend déjà qui soupire, mains jointes; elle remue les lèvres comme un lapin. Elle broute quelques *Ave Maria*, pour le salut de ce garçon qui était si pieux, autrefois, et qui, maintenant, se moque de tout. Et l'autre, l'affreux Quéré, est-il resté pieux? Mais tu ne perds rien pour attendre, mon bonhomme!

Ronan entrouvre les yeux; la lumière fait comme une poussière bleue au fond de l'allée. Le safari est commencé. Quéré ne pourra pas s'échapper de la réserve. Reste à l'amener à bonne portée. Ce sera long... ce sera long... La tête de Ronan pèse plus fort sur le dossier du banc. Il dort. Mme de Guer, très doucement, lui couvre les jambes de son manteau.

Mon cher ami,

Vous excuserez mon écriture. Ma main va de travers. C'est l'émotion. Ce qui m'arrive est épouvantable. Voici, en quelques mots : avant-hier, le directeur m'a fait appeler et il m'a donné à lire une lettre qui lui était parvenue au premier courrier. J'ai tout de suite compris. La troisième lettre, pardi! Cette fois, aucune insulte. Tout bonnement la vérité.

— C'est exact? m'a demandé le directeur.

— C'est exact.

Je n'allais pas ergoter !

— Pourquoi ne vous êtes-vous pas confié à moi ?

Mais pourquoi me serais-je confié à lui, alors que je me suis tu jusqu'à présent ? Je n'y peux rien. Il y a des choses qui ne regardent que moi.

— Vous n'êtes pas le seul, vous savez ! a-t-il repris.

Il a médité un long moment, ouvrant et fermant ses branches de lunettes. Je savais déjà ce qui allait venir.

— C'est bien ennuyeux, a-t-il soupiré. Vous avez pris la mesure de nos élèves, n'est-ce pas ? Vous avez pu constater qu'ils sont durs à tenir... Mais ce n'est rien à côté de leurs familles. Les mères, en particulier, sont là pour une note litigieuse, pour la plus légère sanction. Alors, dans votre cas... Vous vous seriez affiché dès le début, carrément... Ce n'aurait pas été la même chose. Et encore, je m'avance peut-être. Les gens sont si bêtes !... Imaginez que cette lettre soit reproduite à dix, à quinze exemplaires et qu'elle se mette à circuler... tout est possible ! Vous voyez l'effet produit ? Vous n'auriez plus aucune autorité et moi, je perdrais pas mal d'élèves.

J'étais hors d'état de discuter. Il avait parfaitement raison, et je ne songeais même pas à protester.

— Chacun a ses opinions, continua-t-il. Mais dans une maison comme celle-ci, il vaut mieux rester neutre. Alors... mettez-vous à ma place.

J'attendais cette parole. Elle est de tous les temps. Je suis sûr que Ponce Pilate a dit cela au roi des Juifs battu et sanglant.

Un temps. Il ne parvenait pas à se décider, parce que, malgré tout, la lâcheté a des limites.

— Quittons-nous à l'amiable, proposa-t-il enfin. Je vous donnerai une indemnité convenable et nous dirons que vous êtes tombé malade. Vous êtes libre, naturellement, de refuser. Vous avez la loi pour vous. Mais votre position serait vite intenable. Comprenez-moi bien, mon cher collègue. C'est une lettre anonyme qui envenime tout. Moi, je ne demanderais pas mieux que de vous garder. Mais vous avez un ennemi qui ne vous lâchera pas et je dois penser à la réputation de cet établissement.

Il me surveillait et, voyant que je n'éclatais pas, il retrouvait peu à peu toute son assurance. Je l'écoutais à peine. « Un homme de votre mérite trouve toujours à travailler »... « Il y a la ressource des leçons particulières »... Bref, un vague brouhaha de paroles auxquelles je ne prêtais plus attention. J'étais loin ! J'étais déjà parti... Je ne tolérerai jamais qu'on me chasse. J'aime mieux prendre les devants. Alors, voilà. J'ai accepté un chèque. Oh ! pas très gros ! Et je suis une fois encore sur le pavé, mais comme un homme soufflé par une explosion et encore tout étourdi.

Quand j'irai régulariser ma situation, qu'expliquerai-je ? Je n'irai pas leur parler de ces lettres anonymes. On me rirait au nez. On pensera tout simplement que je suis irrécupérable. Et ça, encore, ce n'est rien. Mais il y a Hélène ! Je ne lui ai rien dit, parce que je ne sais pas comment m'y prendre. Supposez que je lui raconte tout, depuis le début. A cause de ces lettres anonymes, elle croira forcément que je lui cache encore quelque chose. Je n'en finirai pas de me justifier et le soupçon sera semé. C'est terrible. Et plus encore que vous ne le pensez, car, en admettant que je trouve un nouveau travail, qui me dit que je ne serai pas dénoncé et, de nouveau forcé de tout abandonner.

Il y a quelqu'un qui me suit, qui ne me quitte pas des yeux, et maintenant, à tous mes tourments s'ajoute une frayeur vague qui me paralyse. Il me semble que je suis devenu une sorte de malfaiteur que des indicateurs invisibles ne lâchent plus d'une semelle. C'est morbide, bien sûr. Je ne cesse pas de me le répéter. Une névrose, cela doit commencer de cette façon-là. Je note la perte d'appétit, l'impossibilité de trouver le sommeil, l'envie de pleurer qui soudain me prend à la gorge. Et surtout, je suis hanté par l'idée de la mort. Hélène dort à côté de moi ; j'entends le grignotement du réveil ; il fait noir. Je me dis : « Comment lui annoncer que je ne retournerai pas au cours Charles-Péguy ? A quel moment ? Avec quels mots ? »

Et par je ne sais quelle pente de mon pauvre esprit malade, voilà que je me mets à ratiociner. Il vaudrait mieux pour tout le monde que je disparaisse. C'est la vie qui est idiote !... Et alors, je me dis : « En ce moment même, à cette seconde précise, le temps d'un battement de cœur, il y a, dans le monde, un partisan qui est torturé, un passant qui est assassiné, une femme qui est violée, un enfant qui meurt de faim... Il y a ceux qui se noient, ceux qui périssent dans les flammes, ceux qui sont bombardés, ceux qui se suicident. Je vois la terre dans l'espace, traînant derrière elle une insoutenable odeur de cadavres. Et pourquoi faire, tout ce remue-ménage de pensées et d'images ? Pour me distraire ! Pour oublier que le jour naîtra bientôt et qu'il me faudra inventer une solution. Pour retarder le moment où je devrai dire : « Hélène... J'ai à te parler. »

Mon cher ami, je suis très malheureux. Je pense bien à vous.

Jean-Marie

Mon cher ami,

Je ne vais pas pleurnicher. Il me suffira de vous raconter la suite de mes tribulations. J'ai été, à nouveau, convoqué chez le directeur de l'école. La dernière fois, il s'était montré paterne et doucereux. Cette fois, il était furieux.

— Est-ce que ça va finir, cette comédie ?... Je vous préviens : encore une lettre comme celle-là et je porte plainte.

Il poussait vers moi une lettre dont j'ai tout de suite reconnu le papier. J'ai lu. *Monsieur, méfiez-vous. Quéré est un délateur. Il pourrait vous causer beaucoup d'ennuis.* J'étais abasourdi. Moi, un délateur ?

— Je vous assure, monsieur le Directeur, je ne comprends pas.

— C'est possible, dit-il. Vos antécédents ne m'intéressent pas.

— Comment ça, mes antécédents ? Je vous prie de retirer ce mot.

— Je ne retirerai rien du tout. Et je vous conseille de faire le nécessaire pour que cet incident ne se renouvelle pas.

— Que voulez-vous que je fasse ?

— Débrouillez-vous, mais j'interdis à votre correspondant de venir déposer son caca sur mon seuil.

— J'ignore d'où vient le coup.

— Allons donc ! Pour qui me prenez-vous ?

Je me suis retiré, anéanti. Moi, un délateur ? Depuis huit jours, je ressasse la question. Vous me connaissez. L'aurais-je voulu, autrefois, que je ne me serais jamais arrogé le droit de dénoncer quelqu'un. Non. Je ne comprends pas. Il y a sûrement là quelque horrible méprise. Mais qui rend ma situation encore plus affreuse. Car devant qui plaider ma cause ? Qui cherche à me déshonorer ? J'étais décidé, la semaine dernière, à parler à Hélène. Maintenant, je n'ose plus. J'attends. Pourquoi celui (ou celle) qui me poursuit ne s'adresserait-il pas directement à elle ? Je me tais. Chaque matin, je range quelques livres dans ma serviette, comme si j'allais toujours au cours Charles-Péguy. Hélène m'embrasse.

— Travaille bien. Et ne te fatigue pas trop.

Je vais me promener au bord de la Seine. Je traîne ma peine le long des boîtes des bouquinistes. Je reviens déjeuner, fourbu par une longue errance. Hélène m'accueille en souriant.

— Ils n'ont pas été trop insupportables, tes gamins ? Si... Un peu... Je le vois à ta mine.

Nous mangeons rapidement. Je l'écoute bavarder.

— On pourrait aller passer les vacances en Normandie, dit-elle gaiement. Josiane m'a indiqué un petit patelin très agréable, au sud de Granville.

— On a le temps !

— Tu crois ça ! Il faut louer longtemps à l'avance.

Pauvre Hélène ! Les vacances sont l'envers délicieux du travail. Mais quand vient à manquer le travail, l'inaction est l'obscène caricature des vacances. Autant qu'elle découvre cela toute seule. Et je repars, avec ma serviette gonflée de livres inutiles. Pour me dépayser, je prends le métro et je vais au Bois.

Je marche sous les arbres, en penssant au passé. A Rennes, j'allais souvent au Thabor. J'en aimais les allées secrètes. En ce temps-là, au fond, j'étais heureux. Je ne vivais pas dans le mensonge. Je n'avais pas à rendre compte de mes pensées. La formule du *Confiteor* me revient en mémoire. « J'ai pêché par pensée, par parole, par action et par omission. » Pendant longtemps, je n'ai pas attaché une grande importance au péché par omission. Hélas ! C'est le pire. Parce qu'il implique le mépris de l'autre. Il faut bien qu'à mon insu je méprise un peu Hélène. Sinon, je lui dirais tout, mes doutes, mes faiblesses et mes reniements, qui, en soi, sont légitimes mais qui, soigneusement dissimulés, deviennent des trahisons.

Je m'arrête dans un bar ; je bois n'importe quoi, les yeux dans le vague ; je suis irrémédiablement de trop. Je sors. Cette fois, je lui parlerai. Tant pis si c'est la rupture. Tout vaut mieux que cette moite pourriture qui me soulève le cœur.

Je reviens. Rien dans ma boîte aux lettres. Alors ce sursis qui m'est accordé ébranle ma résolution. Demain, je serai peut-être plus fort. Après tout, je n'ai pas besoin de lui raconter ma vie. Il me suffit de lui avouer que j'ai démissionné encore une fois. Je suis celui qui démissionne ! L'homme à qui un poste a été confié et qui l'abandonne. Vous ne croyez pas que cela me définit assez bien ? Et vous ne pouvez savoir à quel point je suis ingénieux pour me donner l'air fatigué, comme si j'étais prêt à mourir à la tâche. Plus Hélène s'inquiétera pour ma santé et plus elle sera incapable de me faire des reproches. Et ça ne rate pas. Elle me dit :

— Tu prends ton travail trop à cœur. Pour ce qu'ils te payent !

Est-ce le moment ? Est-elle suffisamment mûre pour recevoir ma confession ? Peut-être pas encore.

— C'est vrai, dis-je. C'est un métier épuisant. Je me demande si je tiendrai.

— Heureusement que vous avez beaucoup de vacances, répond-elle.

Trop tard ! Je viens de laisser passer l'occasion. Je me renfrogne. Ça aussi, c'est un bon truc. Elle s'inquiète tout de suite.

— Si tu es souffrant, prends un jour ou deux. Il ne t'avalera pas, ton directeur.

Mais voyez-vous, mon cher ami, je suis faible mais pas abject. Je lui prends la main, je la place contre ma joue. Je lui dis :

— Hélène ! Il faut m'aimer. Beaucoup. Je ne sais pas ce que l'avenir nous réserve. Mais tant que tu seras près de moi, je crois que...

Elle m'interrompt.

— Tu es funèbre, mon pauvre chéri. Reprends une tranche de rôti.

Eh oui, c'est ça, la vie quotidienne, un échange de signaux dont on a perdu le code. Tout est à recommencer. Demain, peut-être...

Je me relis. Comment pourriez-vous me garder votre estime ? Et c'est à vous, maintenant, que j'ai envie de dire : « Tant que vous serez près de moi... »

A bientôt. Amicalement vôtre.

Jean-Marie.

Mon cher ami,

J'ai sauté le pas. Ou plutôt il s'est sauté tout seul. Étourdiment, j'avais jeté dans la poubelle un paquet de copies non corrigées et Hélène les a découvertes.

— Tu jettes leurs devoirs, maintenant ?

Elle, si scrupuleuse, elle était scandalisée. Il n'y avait plus à reculer.

— Je ne retournerai plus là-bas, lui dis-je. J'aimerais mieux casser des cailloux. Tu ne peux pas savoir. Je suis trop vieux, pour ces gosses. Ils me rendent la vie impossible. Alors, voilà... Je laisse tomber.

Ce qui a suivi fut affreux. J'ai vu monter ses larmes, le menton qui tremblait, la bouche qui se pinçait, les joues qui devenaient blanches et les yeux qui semblaient se dilater sous la poussée d'une eau que les cils ne pouvaient plus contenir. Et moi, je pensais : « Je suis une brute. » Elle s'assit lentement. Et elle eut ce mot qui m'émut plus que ses larmes.

— Qu'est-ce que je vais dire au magasin ?

Car elle parlait souvent aux autres coiffeuses de ce mari qui était professeur. La manucure confiait à la caissière : « C'est quelqu'un, M. Quéré ! Hélène a bien de la chance ! » Je m'attendais à des reproches. Elle pleurait doucement, comme on pleure dans le noir, au cœur de la nuit, quand on est seul. Je n'osais la prendre dans mes bras. J'avais le cœur gros et j'étais affreusement soulagé. J'avançai ma main vers la sienne. Elle la retira vivement.

— Tu es impossible ! fit-elle, d'une voix que je ne reconnus pas.

En une seconde, nous étions devenus des étrangers l'un pour l'autre. Je m'affolai. Je n'avais pas prévu cela. J'aurais voulu discuter. Elle s'essuya les yeux.

— Mangeons, dit-elle. Ça vaudra mieux.

Et ce fut le silence. Et c'est la quarantaine. Elle ne boude pas. Moi non plus. Simplement, depuis hier soir, elle m'ignore. Je suis devenu transparent devant elle. Vous savez tout. Je m'arrête. Si vous trouvez dans votre bréviaire une prière pour les fantômes, récitez-la en pensant à moi.

Votre ami.

Jean-Marie.

Dernière escarmouche, sur le seuil de la porte.

— Tu ne veux pas que je t'accompagne ?

— Mais non. Je me sens très bien.

— Je vais m'inquiéter. Tu te crois solide et puis...

— Si tu ne me vois pas revenir au bout d'une heure, appelle Police-Secours, dit Ronan. Ils seront ravis de me remettre le grappin dessus.

Il est dans la rue. Enfin seul ! Il n'a pas encore les jambes bien solides. Le mal ne se retire de lui que pas à pas, en livrant un tenace combat de repli. Mais ce n'est pas faire une imprudence que d'aller jusqu'aux bureaux de *Ouest-France*. Il y a moins d'un kilomètre à parcourir. Et c'est le premier moment de liberté. Plus de dix ans qu'il vit sous surveillance, un regard toujours planté entre les épaules, où qu'il aille. Et après la prison, la maison, sa mère, la bonne.

Mais maintenant il est invisible. Personne ne le

reconnaît. Il s'appartient totalement. Il peut s'arrêter, repartir. Il peut flâner. Le temps n'est plus cette morne succession de secondes toutes pareilles qu'il fallait regarder passer jusqu'au vertige. Il s'est changé en un chatoyant défilé d'instants dont la procession vous entraîne ici ou là, selon qu'on le désire. Les vitrines sont belles ; il vous vient une envie d'acheter qui ressemble à une envie de faire l'amour.

Ronan regarde les étalages. Il voit son reflet dans les glaces, et cherche, près de lui, la silhouette de Catherine. Ils se sont promenés souvent, ici. Catherine disait : « Tu vois ce fauteuil ; ce serait bien d'avoir le même, dans notre chambre ! » Ils allaient à pas lents. Ils meublaient en riant leur appartement. C'était... C'était le temps de l'ardeur. Reste la sourde réverbération de la haine. Ronan va lentement d'une boutique à l'autre, d'un magasin à l'autre. Le soleil est sur son épaule comme une main amicale. Ne pas se crisper ; dire oui à la vie pendant une heure. Se répéter qu'on est le maître du jeu et qu'il ne faut pas se presser.

Ronan fait durer la promenade, s'arrête devant les librairies, devant l'armurerie Perrin. A côté, il y a un marchand de cannes à pêche. C'est nouveau, ça ! La ville a changé. Elle est plus bruyante. Elle est moins bretonne. Autrefois, on voyait encore des coiffes, les petites coiffes du Morbihan en forme de toitures, et les châteaux de dentelles du Finistère. « Au musée mon pays, pense Ronan. Au réfrigérateur ! » Il aperçoit l'immeuble du journal, neuf, moderne, fonctionnel. Personne ne fait attention à lui. Il veut consulter les collections.

Au premier, à droite, au fond du couloir. Il croise

des secrétaires qui courent. Il entend le martèlement des machines à écrire. Qui se rappelle qu'il a été le héros d'un fait divers et que d'autres secrétaires couraient à cause de lui, tandis que crépitaient pour lui d'autres machines à écrire. Et qui se doute que, dans quelques semaines, sa photographie paraîtra encore une fois dans le journal, à la une. L'ASSASSIN DU COMMISSAIRE BARBIER RÉCIDIVE ; en gros caractères. Sa photo voisinera avec celle de Quéré...

Il entre dans une vaste pièce. Un employé en blouse grise vient à sa rencontre et le regarde par-dessus ses lunettes.

— Le premier trimestre de 1969 ?... Asseyez-vous, Monsieur... C'est pour une thèse, sans doute. Il nous vient beaucoup d'étudiants...

Il apporte un pesant classeur. Ronan commence à feuilleter les journaux qui ont jauni et sentent fort l'encre et le vieux papier. Il croit bien se rappeler que le jamboree s'était tenu à Quimper pendant les fêtes de Pâques... Alors, c'est bien le diable si... Voilà. Fin mars. Il y a de nombreux articles. Un congrès de scouts catholiques, à Quimper ; ça fait du bruit. Et soudain, il trouve ce qu'il cherchait. Quéré, au milieu d'un groupe d'éclaireurs. Parfaitement reconnaissable.

Ronan sort de sa poche des ciseaux à ongles. L'employé lui tourne le dos. Très vite, il découpe l'image et referme le volume. Personne n'ira remarquer qu'une page a été mutilée. Il range la photo dans son portefeuille. Il a eu peur mais il est récompensé. Cette fois, Quéré est son prisonnier. Il étend les jambes, se laisse aller. Allons ! Son plan est ingénieux et se réalise exactement comme prévu. Quéré a perdu son travail. Il perdra sa femme et ensuite, il perdra la vie. Œil pour œil, mon vieux ! Tu m'as cherché, tu me trouves.

S'il voulait s'en donner la peine, Ronan pourrait relire toute l'histoire de son crime. Il n'aurait qu'à demander les journaux du second trimestre de la même année. Il reverrait, dessiné à la craie, sur le trottoir, la silhouette de Barbier. Il reverrait, un peu plus tard, son propre visage écrasé par les flashes. Les titres : *Ronan de Guer a avoué... Le geste d'un extrémiste...* Et, quelques jours plus tard : *La fiancée de l'assassin se suicide.* Mais tout cela vit dans sa tête. Pas besoin de se reporter au journal. Il rêve, les mains à plat sur la table et l'employé s'approche.

— Vous avez fini, Monsieur ?

Ronan sursaute.

— Oui... Oui... Bien sûr. Vous pouvez disposer.

Il sort de la pièce. L'émotion lui travaille sourdement le ventre. Peut-être qu'une tasse de café. Il traverse la rue. Il titube un peu comme un gangster de cinéma, qui vient d'être blessé à bout portant. Il y a un bar à deux pas. Il se glisse sur la banquette.

— Un express.

C'est défendu. C'est dangereux. Mais il vit dans le défendu et le dangereux depuis si longtemps ! Il a besoin de quelque chose de fort pour s'arracher à ses souvenirs. Le café est délicieux. Le passé s'éloigne.

« Mon Dieu, pense Ronan. Donnez-moi la paix ! »

Mon cher ami,

Je vous remercie très sincèrement de vos bons conseils. Vous avez sans doute raison. Il est vrai que tout ce qui m'arrive me ressemble et que ma destinée sort de moi comme la soie du ventre de l'araignée. « Je suis la cause de ce qui m'accable », dites-vous, « mais ma liberté reste un don de Dieu ». Je n'ai plus la tête à philosopher, hélas. Pour le moment, je suis malade. Étrangement dédoublé. Un qui traîne au lit, qui n'écoute pas ce qu'on lui dit, qui boude la nourriture, qui est en proie à de subites terreurs, et un autre qui plane, qui se complaît dans une espèce de confortable nirvana. Lequel est mon vrai moi? Je l'ignore. Le médecin a eu ce mot superbe : « Il lui faudrait du repos. » Comme si je n'étais pas l'incarnation du repos!

Mais je vous ai abandonné au milieu d'un chapitre. Laissez-moi poursuivre le roman de ce personnage bizarre qui est Jean-Marie Quéré. Il était en quarantaine, si mes souvenirs sont exacts. Eh bien, la quarantaine a pris fin. Un beau jour, ce garçon tombé du ciel et qui s'appelle Hervé s'est présenté avec des fleurs, un magnifique bouquet de roses qui éclairait le living, et du coup Hélène a retrouvé l'usage de la parole.

— Regarde ce que M. Le Dunff nous apporte.

Elle s'adressait à moi pour la première fois depuis... depuis très longtemps, il me semble. J'étais en pyjama. J'allai jusqu'à la porte de la chambre pour remercier, et puis je retournai me coucher. Les roses... Hervé... bof! Mais je les entendais dans la pièce voisine; ils parlaient de moi et c'était amusant comme au théâtre.

Hélène. — Il est comme ça depuis huit jours. On lui parle, il ne répond pas. (Faux. C'est elle qui a commencé.)

Hervé. — Qu'en pense le médecin ?

Hélène. — Pas grand-chose. Il dit que c'est un peu de dépression. Mais, vous comprenez, on n'en sort pas. Est-ce la dépression qui le pousse à abandonner son travail ou bien est-ce son travail qui le fatigue et provoque la dépression ? Moi, je deviens folle. Comment était-il, quand vous l'avez connu ?

Hervé. — Oh ! c'était quelqu'un de très bien ! (Merci, Hervé. Moi, je pense qu'il n'était pas si bien que ça.) Actif, bûcheur. Il avait toujours des livres sous le bras. C'est vrai qu'il était aussi d'humeur changeante. Et toujours porté aux extrêmes. (Là, j'ai failli me lever pour l'engueuler. De quoi se mêlait-il ?)

Hélène. — A votre avis, qu'est-ce qu'il faut faire ?

Hervé. — Il faut le sortir de ce marasme. Il faut absolument qu'il trouve à s'occuper. Est-ce que vous avez de l'influence sur lui ?

Hélène. — Oui, un peu, je crois.

Hervé. — Alors, décidez-le à accepter n'importe quoi. (Hé ! Le bon apôtre ! Pourquoi pas gardien de square, pendant qu'il y est !) L'important — du moins il me semble ; je ne suis pas médecin — c'est de le distraire. Nous chercherons pour lui quelque chose de mieux, de plus adapté, après. Mais d'abord il faut qu'il sorte, qu'il reprenne ses habitudes normales. De toute façon, vous n'êtes pas seule. Je suis là.

Toujours prêt, quoi ! Le bon petit éclaireur ! Comme autrefois. Je perdis quelques répliques parce qu'ils s'étaient éloignés tous les deux vers le vestibule. Hélène revint et se pencha sur moi pour m'embrasser.

— Nous ne sommes plus fâchés, dit-elle. Il est de

très bon conseil, Hervé! Il pense que tu devrais accepter n'importe quel emploi, en attendant un travail qui te plairait.

Je n'osais pas lui répondre : « Et il y aura encore une lettre anonyme pour m'en débusquer. » Non. J'étais très touché par sa douceur retrouvée. Notre querelle me tuait. Nous avons donc repris nos recherches. Les petites annonces. L'Agence pour l'emploi. J'allai pointer, puisque nous devons pointer, comme des interdits de séjour. Silence complet du côté du cours Charles-Péguy. Le corbeau a cessé de se manifester dès qu'il a su (mais comment?) que je me retirais.

Hélène prie. Vous priez. On va bien voir. Je ne dis pas que je recommence à espérer. Je dis seulement qu'il me coûte un peu moins d'attendre.

A bientôt.

Votre fidèle Jean-Marie.

— Ta mère n'est pas là?

— Non. Elle est allée à un enterrement. Nous avons des tas de cousins un peu partout; tu sais comment c'est, les grandes familles.

— Comment vas-tu?

— Pas brillant. J'ai fait une espèce de rechute. Je n'ai plus de pattes. Mais ça va passer.

Ronan entraîne Hervé au salon.

— Et toi? Je ne te vois plus, depuis quelque temps.

Hervé pose sur la table basse son paquet de cigarettes et son briquet.

— Le boulot, mon vieux. Je voudrais que mon réseau de voyages organisés fonctionne cet été. Alors, tu vois, je n'ai qu'à me grouiller. Je ne fais que passer.

— Tu as bien une minute, quand même ! Excuse-moi, je n'ai rien à t'offrir. Ici, c'est la maison des eaux minérales. Mais si tu désires un bon coup d'Évian... Non ?... Bien vrai ? Je te pique une cigarette. J'aérerai, quand tu partiras. Elle va renifler, ça, tu peux en être sûr. Je lui dirai que c'est une odeur qui vient de la rue. Elle est soupçonneuse mais pas très futée. Alors, les Quéré, qu'est-ce qu'ils deviennent ? La dernière fois, il venait d'être embauché dans une institution libre... Non, attends, il venait d'être remercié, ou quelque chose comme ça.

Hervé sourit, amusé.

— Comme si tu ne le savais pas. Comme si tu ne leur collais pas après ! Évidemment, qu'il venait d'être remercié. Je te l'ai téléphoné.

— Pas possible ! dit Ronan, jouant ironiquement la surprise.

— Ou plutôt non, corrige Hervé. C'est lui qui est parti de son plein gré, si on peut appeler ça de son plein gré. Tu dois te rappeler que tu y es pour quelque chose.

Ronan a un geste apaisant.

— Bon, bon. Si l'on veut ! Tu sais, il s'agissait juste d'une petite mise en garde. Son directeur avait bien le droit d'être renseigné. Si Quéré a jugé bon, après, de mettre les voiles, ça le regarde. Ne va surtout pas nous faire une crise de remords. Je ne t'ai plus demandé de me servir de facteur.

— J'aurais peut-être refusé, dit Hervé.

— C'est bien ce que j'ai pensé. Aussi, j'ai préféré

envoyer mes lettres d'ici. Directement du producteur au consommateur.

— Des lettres ! s'écrie Hervé. Tu en as envoyé plusieurs ?

— Deux. Je les ai postées moi-même.

— Pour être sûr de ne pas le manquer ?

— C'est ça. Comme à la chasse. Pan ! Pan ! Mais quoi ! Il est encore au chômage. Il doit commencer à s'habituer, non ? Ce n'est pas bien terrible, le chômage. C'est une maladie comme une autre. S'il avait tiré dix ans de tôle, comme moi, il pourrait se plaindre. Et puis, après tout, moi aussi, je suis au chômage. Ça te fait rire ?

— Ce n'est pas pareil, proteste Hervé.

— Ah ! tu crois ça ! Tu veux me dire où j'irais me présenter, avec mes références ?

— On sait bien que vous avez de la fortune.

Ronan se retourne vers le portrait de son père, casquette galonnée, décorations, air glorieux, et lui fait le salut militaire.

— C'est vrai, reconnaît-il, il avait pas mal de fric, le vieux con. Et comme il aimait d'amour la République, il a fait des placements qui nous ont lessivés. Il aurait mieux fait d'entretenir une putain.

— Pas la peine de s'énerver, murmure Hervé.

— Mais je ne m'énerve pas. Je prétends simplement que Quéré n'est pas tellement à plaindre.

— Tu ne parlerais pas comme ça, si tu le voyais. Il a terriblement décollé. Il flotte dans ses vêtements. Et ce n'est pas avec son nouveau job qu'il se remettra.

Ronan saisit le bras d'Hervé, comme il a l'habitude de le faire quand il est excité.

— Quel job ? Tiens, passe-moi une autre cigarette.

Tu es à tuer, aujourd'hui. Il faut t'arracher les mots de la bouche. Quel job ?

— C'est Hélène qui...

— Tu l'appelles Hélène, maintenant ! coupe Ronan.

— C'est plus simple. Comme on bavarde beaucoup, dans le magasin où elle travaille, elle a appris qu'un employé des pompes funèbres partait en retraite.

— Qu'est-ce que tu veux que ça me foute !

— Mais c'est ça, justement, le job ! Il s'agit d'un emploi d'ordonnateur.

— Quoi ! Le type en noir qui fait ranger la famille... et qui... Tu blagues ?

— Pas du tout. Quéré a accepté.

Le fou rire courbe Ronan. Il se tape sur les cuisses de ses poings serrés. Il en perd le souffle.

— Ce que ça peut être drôle ! Tu me fais marcher.

— Ma parole.

Ronan se redresse, s'essuie les yeux d'un revers de main, et retrouvant sa voix normale, dit :

— Au fond, ça lui va comme un gant. Il ne sera pas tellement dépaysé. Tu l'as vu opérer ?

— Y a pas de quoi rigoler, proteste Hervé, agacé. Il prend ça très mal. Il a commencé par refuser tout net. Et, ma foi, je le comprends.

Ronan fait mine d'être scandalisé.

— Il n'y a pas de sots métiers, dit-il d'un ton pénétré. Tu deviens bien snob, tout d'un coup. Moi, je serais ravi d'être ordonnateur des pompes funèbres. Un nouvel accès de rire lui secoue les épaules.

— Ce n'est pas ma faute, reprend-il. Je trouve ça marrant. Je vois d'ici les profondes salutations, les ronds de jambes... Par ici, Madame... Monsieur... Si vous voulez bien me suivre... Il va être dans son élément, le bougre.

— Tu n'as donc pas de cœur ? dit Hervé.

Le visage de Ronan semble se verrouiller.

— N'emploie pas ce mot-là, murmure-t-il. Tu ne sais pas de quoi tu parles.

Il se lève et fait le tour du salon, comme un malade, chez le dentiste, qui essaie de distraire sa douleur, puis il revient s'asseoir.

— Ça va, dit-il. Raconte. J'écoute.

— Je n'ai rien à raconter. Je crois qu'il ne tiendra pas le coup, voilà tout.

— Mais enfin, il n'y a pas besoin d'être bien malin pour venir s'incliner devant un macchabée et faire des courbettes.

— Pense à l'humiliation.

— Tu oublies que je suis moi-même un spécialiste de l'humiliation ! On s'y fait. Où va-t-il fonctionner ? Je veux dire quelle est la maison qui l'embauche ? A Paris, il y a plusieurs entreprises de pompes funèbres.

— Ne compte pas sur moi pour te renseigner.

Ronan arrondit un sourcil d'un air comique.

— Je t'assure que je n'ai aucune mauvaise intention.

— Écoute, mon vieux, dit Hervé, j'en ai assez de mentir. Les Quéré ont confiance en moi et moi je t'aide à les démolir. Quéré est peut-être un salaud mais j'estime que pour moi ça suffit. Suppose que je te dise encore pour qui il va travailler. Dans huit jours, il aura droit à être dénoncé et il sera balancé. Non. Fini pour moi. Continue tout seul.

Ronan lève les bras au ciel.

— Alors là, dit-il, je te jure bien que tu te mets le doigt dans l'œil. Et je vais te le prouver tout de suite. Engage Quéré. Dégotte-lui un truc quelconque. Ça ne doit pas être bien difficile pour un monsieur comme toi, qui dirige des tas de machins.

— Figure-toi que j'y ai pensé, dit Hervé, sèchement.

— Mais as-tu pensé que, s'il travaillait pour toi, il n'y aurait plus de lettres anonymes.

— Comment ça ?

— Tu connais sa vie de A à Z, comme moi. Si tu étais son patron, qu'est-ce que je pourrais t'apprendre de scandaleux sur son compte ? Vrai ou faux ?

— Vrai, reconnaît Hervé.

Ronan insiste.

— Prends-le avec toi et, du même coup, tu me cloues le bec.

— Ça cache quoi ? questionne Hervé méfiant.

Ronan sourit avec toute la gentillesse dont il est capable.

— Oui, dit-il, je l'avoue. Quand je pense à Quéré, j'en ai gros sur le cœur. Mais je n'ai pas l'intention de me venger à perpète. Je l'ai mouché deux fois, tu as raison. Ça suffit. Et si, justement, je te suggère de l'embaucher, c'est pour m'empêcher de céder encore une fois à la tentation. Tu vois. Je joue cartes sur table. Ma proposition ne cache aucune arrière-pensée.

— Tu n'écrirais plus ?

— Mais bien sûr que non. Pourquoi irais-je te raconter ce que tu sais déjà !

Hervé médite un instant.

— Ça a l'air correct, murmure-t-il. Oui. C'est une solution.

— La meilleure, dit Ronan avec force. Qu'est-ce que tu peux lui offrir ? Il lui faudrait quelque chose de pas trop foulant. A ton avis, est-ce qu'il accepterait de s'installer par ici, avec sa femme, bien entendu.

— Non, dit Hervé, catégorique. Jamais il ne consentira à revenir. Tu dois bien le comprendre.

— Embêtant, fait Ronan.

— Tu n'as pas l'intention de le revoir, non !

— Hé ! Qui sait !... Allez ! Je plaisante. Ne fais pas cette gueule. Alors, c'est réglé. Tu l'embauches. Mais pas tout de suite. Laisse-le encore un peu patauger. Rien que pour me faire plaisir. Dans quelque temps, bon, tu le prendras à ton bord et l'affaire sera close. Et tu apparaîtras à Hélène comme le sauveur. Et elle te tombera dans les bras.

— Ah ! C'est ça, ton plan ! s'emporte Hervé. Tu te crois toujours plus fort que tout le monde. Eh bien, pour cette fois, tu te goures.

— D'accord, admet Ronan, conciliant. On le sait que tu vis comme un moine. Et tiens, il me vient une idée. Tu permets ?

Il marche autour de la pièce, se mordillant les lèvres. Hervé va à la fenêtre, écarte le rideau. Il regarde avec amitié sa Porsche, rangée le long du trottoir. Il réfléchit, lui aussi. La proposition de Ronan n'est pas bête.

— Voilà, dit Ronan, derrière lui. Je crois que c'est réalisable.

Hervé regagne son fauteuil. Ronan reste debout, les mains sur le dossier du sien, le visage soudain tendu.

— Quéré est un type calé, reprend-il. Pourquoi ne lui offrirais-tu pas une place de guide. Attends ! Ne commence pas à ergoter. Tu es en train de mettre sur pied toute une affaire de voyages organisés. Il y en aura bien quelques-uns qui se feront en Bretagne... le tour des plages... le tour des calvaires... quelque chose comme ça ? Oui ou non ?

— Oui, bien sûr.

— N'oublie pas que Quéré en connaît un bout sur la Bretagne. Rappelle-toi ses leçons. Tu ne trouveras pas de guide meilleur que lui.

— Et s'il refuse ?

— Tu es emmerdant quand tu te mets à pinailler ! Est-ce que tu t'imagines qu'il discutera, quand il aura convoyé, tous les jours, des charretées de veufs ou de veuves ? Il sera tout heureux de tout lâcher pour te rejoindre. C'est évident. Ça crève les yeux. Et j'aperçois un autre avantage. Ces voyages se feront au départ de Paris ?

— Oui. Certains ne dureront que la journée, d'autres s'étendront peut-être sur tout le week-end. Mais pourquoi ?

— Parce que Quéré ne sera pas fâché de changer d'air, d'oublier pour quelques heures tout ce qu'il vient d'endurer à Paris... Tu vois que je suis généreux. Sa femme, de temps en temps, restera seule. C'est ce qu'il faut.

— Qu'est-ce que tu veux dire ?

— Pardon. Je m'explique mal. Je veux dire que ces petites séparations leur feront le plus grand bien à tous les deux... Tu me promets que tu offriras une place de guide à Quéré ?

— De guide... où d'autre chose.

— Non. De guide. Nous devons avoir le geste. C'est ça ou je reprends la plume. Les entreprises de pompes funèbres ne sont pas tellement nombreuses.

J'aurai vite fait de trouver la bonne et d'exécuter cette vieille canaille. Alors, c'est d'accord.

— Je tâcherai.

Hervé se lève, jette un coup d'œil sur son poignet, sursaute.

— Je me sauve. J'avais un rendez-vous à 3 heures. Au revoir, vieux.

Il se dirige rapidement vers le vestibule. Ronan, mains dans les poches, la tête un peu penchée, le suit des yeux.

— La Providence en marche ! dit-il.

Mon cher ami,

Je n'ai pas répondu à vos lettres. Excusez-moi. Je viens de passer une quinzaine abominable, et je suis si mal en point que j'ai de la peine à écrire tellement, parfois, ma main tremble. Cette fois, je suis vraiment touché par la dépression. On m'avait dit qu'elle était le mal des chômeurs, comme il y a un mal des montagnes ou un mal des profondeurs. Eh bien, oui ! J'en fais l'expérience. Il y a un mal du chômage. Non seulement il vous accable quand vous cherchez du travail mais encore il vous tenaille quand vous avez trouvé une occupation, car, à moins d'être fonctionnaire, on sait jusque dans sa moelle que ça ne durera pas ; c'est comme si on marchait sous un orage, parmi les éclairs, dans l'attente terrorisée du coup de fourche de la foudre.

Et moi, en plus, je suis un homme poursuivi, tenu en joue. Il y a des moments où je voudrais être mort.

Je comprends qu'on se suicide, non pas dans un accès de violence, mais simplement pour n'être plus là, comme quelqu'un d'insolvable qui part sans laisser d'adresse. Il y a une phrase de vous qui m'a beaucoup touché. Vous écrivez, dans votre dernière lettre : *Dieu prend tout à ceux qu'il aime.* J'ai les mains vides, le cœur vide, la tête vide. Suis-je assez dépouillé pour attirer sur moi le regard de Dieu ! Et pourtant, je sais bien qu'aucun regard ne se pose sur moi. Ou bien que faudrait-il que je perde encore ? Je ne suis, hélas, ni Job ni Jérémie, mais un pauvre type d'aujourd'hui qui besogne comme il peut, quand il peut, un smigard, un moins que rien. Et quand je dis « besogne » !... Mais je vais vous raconter ce qu'ils m'ont fait. Je parle d'Hélène et d'Hervé.

Hélène m'a poussé de toutes ses forces à accepter une place d'ordonnateur des pompes funèbres. Elle a appris d'une amie que le poste allait être vacant et comme le médecin lui a dit que ma seule chance de guérir était d'avoir une occupation absorbante, elle, pourtant si fière, n'a pas hésité à me talonner. « Accepte jusqu'à ce que tu trouves mieux... Tu verras du monde (elle a de ces mots qui donnent envie de mordre !)... Tu ne seras plus tout le temps à ruminer des choses. » Et Hervé a fait chorus. Il venait nous voir. Il est très gentil et s'intéresse beaucoup à moi. Tout de suite, il a pris le relais. « Acceptez, monsieur Quéré. Ce n'est pas un travail pour vous, d'accord. Mais ça vous permettra d'attendre. »

C'est son insistance qui a fini par me décider. Je l'ai pris à part ; je lui ai dit : « Vous connaissez ma situation. En conscience est-ce que vous croyez que... » Il a balayé l'objection. « Vous vous faites des scrupules d'un autre âge », m'a-t-il répondu. Bref, j'ai sauté le pas pour voir et surtout pour échapper aux rabâchages d'Hélène. J'ai compris dès la première minute que je ne tiendrais pas le coup. Et je ne parle pas du répugnant commerce des obsèques, un cercueil ressemblant à une voiture de série qu'on peut toujours, à coups de suppléments, transformer en voiture de luxe.

Tout se paie, vous ne l'ignorez pas, même la fumée des cierges. Je ne parle pas non plus de l'espèce de louche complicité qui s'établit, au premier contact, entre l'ordonnateur et les croque-morts, les bakchichs qu'on partage, la monstrueuse indifférence avec laquelle on côtoie, à longueur de journée, les douleurs les plus déchirantes. Car on a un « planning ». On passe méthodiquement d'un mort à l'autre et il n'y a pas de temps à perdre. S'il fallait faire attention aux larmes !...

Le plus pénible, c'est peut-être l'odeur, celle des fleurs, déjà malsaine, et puis l'autre... Dans chaque maison, c'est le même étouffement... Ça ! Difficile de s'y habituer. Mais ce à quoi je n'ai pu me résigner, c'est d'être un larbin. Un larbin solennel, compassé, ganté de noir, cravaté de noir, l'échine souple, la gueule tragique ; une sorte de funèbre maître de ballet conduisant autour du cercueil le quadrille des visiteurs. Non ! Pas moi. J'aurais voulu prendre les mains des femmes, leur exprimer ma compassion, serrer les mains des hommes avec une vraie douceur, être autre chose qu'un valet aux bonnes manières tarifées.

Pouvez-vous imaginer mon existence ? Je passais de l'église au cimetière, du cimetière à une nouvelle maison mortuaire, et de cette maison à l'église et ainsi de suite, en une abrutissante noria. Recru de fatigue, je fermais les yeux, le soir, sur des visions de cierges et de croix. Je croyais encore entendre le *De Profundis* et le piétinement des cortèges sur les parvis. J'en voulais à Hélène de toutes mes forces. C'était elle qui m'avait jeté dans cette horrible aventure. Nous échangions des propos plus que vifs. Ah ! comme je regrettais les longues journées vides, mais paisibles, de flânerie dolente ! J'avais droit à des égards parce que j'étais une espèce de malade qu'il ne fallait pas brusquer. Hélène me parlait doucement. Alors que maintenant... Quand je lui ai dit que ce métier était au-dessus de mes forces, j'ai cru qu'elle allait me gifler.

— A quoi es-tu bon ? a-t-elle crié. Penses-tu que mon travail à moi soit de tout repos ? Il y a des jours où je ne peux même plus remuer mon poignet !

Sachez, en effet, que le métier de coiffeuse nécessite un constant mouvement du poignet qui provoque souvent de la tendinite. J'ai essayé en vain de lui expliquer les difficultés. Rien à faire. Le dialogue de sourds.

— Il n'y a pas eu de nouvelle lettre anonyme ?

— Non.

— Personne ne s'est plaint de toi ?

— Non.

— C'est toi qui as décidé, comme ça, que l'expérience avait assez duré. Alors tu prends tes cliques et tes claques, et tu files. Tu as de la chance que tes patrons ne te poursuivent pas en justice.

La brouille, mon cher ami. Elle est là ! Et ce qui me désespère, c'est de voir que cette pauvre Hélène, si croyante, si imbue de ses devoirs, est à son tour rongée par la rouille du ressentiment. C'est son amour qui est attaqué à la racine, parce que l'estime qu'elle avait pour moi est en train de se perdre.

— En somme, a-t-elle conclu, tu es devenu un chômeur professionnel.

Je suis allé à Beaubourg, j'ai consulté un livre de médecine pour tâcher d'en avoir le cœur net. Pardi! Tout était là, noir sur blanc :

L'état dépressif touche volontiers une personnalité fragile narcissiquement à la suite d'une série de circonstances vécues comme une perte d'objet dont on ne parvient pas à faire le deuil : dévalorisation d'une situation familiale, etc. Fragile narcissiquement! Je ne vois pas très bien ce que cela signifie. Peut-être que je me préoccupe trop de moi-même. Mais je continue.

La femme est plus sujette à cette crise de dévalorisation..., etc. Chez l'homme, ce sont plutôt les failles de l'activité professionnelle qui jouent ce rôle, par exemple, les difficultés de reconversion...

Voilà, mon cher ami, à quoi on reconnaît la dépression névrotique. Eh bien, le croiriez-vous? Cette lecture m'a plutôt soulagé. Mon manque d'appétit, mes cauchemars, l'envie qui me prend, quelquefois, de tout planter là et de foutre le camp n'importe où, ce n'est pas ma faute. Le sentiment de culpabilité qui me tourmente si fort — depuis si longtemps — vous savez pourquoi, n'est peut-être dû qu'au dérèglement de quelques cellules nerveuses, quelque part, dans un repli de mon cerveau. Ah! si seulement je pouvais me prendre sérieusement pour une mécanique! Mais allez faire comprendre cela à Hélène. Elle me dira (d'ailleurs, elle me l'a déjà dit) : « Tu ne veux jamais être responsable. » Ça doit être bon, quelquefois, d'être fou ! Pardonnez-moi, je vous prie. Je sens que je mets votre charité à rude épreuve, et, ce qui est encore plus insupportable, que je rabâche. Mais, de même que jadis la saignée était le remède universel, de même cette saignée verbale que je m'inflige pour vous me décongestionne l'âme.

Merci et à bientôt peut-être.

Jean-Marie.

Mon cher ami,

Je me jugeais perdu et peut-être suis-je sur le point d'être sauvé. Grâce au jeune Le Dunff. Ce garçon dont l'activité m'étourdit, achève de mettre au point une grosse affaire de voyages organisés. A son programme figurent plusieurs circuits bretons à caractère touristique, bien entendu, mais aussi à caractère culturel, comme on dit. Je vous citerai un voyage : Paris, Saint-Malo-Pontorson-Mont-Saint-Michel-Saint-Malo et retour par Fougères-Alençon. Un autre : Paris-Saint-Brieuc-Perros-Guirec-Brest... Il y a aussi des tours complets de Bretagne. Et tout est prêt. Les restaurants, les hôtels, le programme détaillé des sites et des monuments à visiter. Il n'y a plus qu'à partir. Date de la première sortie : le 25 juin. C'est-à-dire dans dix jours.

Et Hervé me demande d'être l'accompagnateur du premier groupe, celui qui fera Paris-Saint-Malo. Durée : deux jours et demi. C'est bien court pour tout ce qu'il y a à voir. Retour le dimanche soir vers vingt-deux heures. J'ai hésité. Mais Hervé n'est pas homme à tergiverser. Il n'a pas eu de peine à me montrer tous les avantages qui me sont offerts. Travail régulier, agréable et pas tellement fatigant. Rémunération plus qu'honnête. Et comme il y a chez lui un petit quelque chose de machiavélique, il n'a pas oublié de me dire : « Vous pourrez reprendre vos études sur les cultes bretons. Vous vous rappelez ?... Vous nous avez fait des cours, autrefois, sur ce sujet. C'était passionnant ! »

Oui, je me rappelle. Tant de tribulations, depuis !... Ainsi, l'occasion me serait donnée de poursuivre des recherches auxquelles je tenais beaucoup, mais que j'avais délaissées, au moment de ma crise. C'est l'espoir soudain, brutal, entêtant comme les vapeurs d'un alcool, de mener mon enquête à son terme qui m'a décidé. J'ai accepté.

— Vous aurez un chauffeur très sûr, a précisé Hervé. Germain Berlan. Il est extrêmement débrouillard et il règle tous les détails matériels. Vous n'aurez à vous occuper de rien. Plus tard, je pourrai peut-être vous employer davantage, si ce travail vous plaît. Mais commençons petit.

Il a ri.

— Et si on m'envoie des lettres anonymes, avec moi vous ne risquez plus rien.

— Mais pourquoi faites-vous tout cela pour moi ? lui ai-je demandé.

Il m'a glissé à l'oreille :

— Parce que j'estime que votre Purgatoire a assez duré.

Il a cligné de l'œil et j'ai retrouvé, avec émotion,

son visage de grand gosse. J'aurais voulu le retenir pour qu'il annonce lui-même la bonne nouvelle à Hélène, mais il était très pressé. Il a disparu au volant d'un petit bolide, me laissant au bord du trottoir, encore bouleversé. Car j'ai été secoué, je vous l'assure. La moindre émotion, maintenant, me met le cœur en déroute.

Hélène a paru très heureuse de ma décision. Évidemment, rester seule pendant tout le week-end, cela ne l'enchante guère. Mais d'un autre côté, elle pourra se reposer complètement, et elle en a besoin ; nos querelles l'épuisent autant que moi.

Qu'emporterai-je ? Une petite valise me suffira. Nous passons en revue le léger paquetage qui m'accompagnera : vêtements, remèdes, etc. Nous nous sentons à nouveau unis. C'est comme une petite fleur de bonheur, au revers d'un fossé, à la fin de l'hiver. Hélène, déjà, m'accable de recommandations, mais je n'en suis pas agacé. Je les reçois avec joie. Oui, je ferai attention à mes gouttes. Oui, j'emporterai des pastilles pour éviter l'enrouement car la gorge se fatigue certainement quand il faut parler longtemps malgré le bruit. Oui à tout. Oui à la vie, enfin ! Ah ! et puis penser à se munir de lainages ! Le vent est frais, à Saint-Malo. Prévoir aussi un imperméable.

— De temps en temps, dis-je, tu pourras peut-être m'accompagner. Quand il y aura une place vide.

— Qu'est ce qu'on pourrait lui offrir à ton ami Hervé ? dit-elle. Il faudra le remercier.

Vous la reconnaissez bien là. Pas de dettes. Le doit et l'avoir en équilibre. Oui, on le remerciera. Et d'abord, la meilleure façon de lui être agréable, c'est de mettre soigneusement au point les notes que j'utiliserai pour instruire mes passagers. Pas d'érudition déplacée. Mais pas non plus les lieux communs fourbus. C'est une question à travailler.

— Tu as pensé aux démarches ? dit Hélène.

Vous l'ignorez peut-être, mais il faut remplir autant de paperasses quand on a retrouvé un emploi que lorsqu'on a perdu le précédent. Demain, d'accord, je ferai le nécessaire. Aujourd'hui, je suis fiévreux d'excitation, incapable de me concentrer. Et puisque je me suis promis de ne rien vous cacher, je n'ai pas pu attendre le soir. Après tout, Hélène est ma femme.

A bientôt, mon cher ami.
Affectueusement vôtre.

Jean-Marie.

— Parle plus fort, dit Ronan. Je ne t'entends pas. Allô ?

— Et maintenant, tu m'entends mieux ?

— Oui... D'où me parles-tu ?

— De Paris.

— Alors ?

— C'est fait. Il marche. Je vais, finalement, le mettre sur Paris-Saint-Malo, pour voir.

— Il commence quand ?

— Au prochain week-end.

— Sa femme est d'accord ?

— Tu penses ! Elle est ravie. La seule ombre au tableau. c'est qu'elle sera seule pendant deux jours.

— Ce n'est pas un peu juste, Paris-Saint-Malo en si peu de temps ? Tes clients n'auront pas le temps d'aller pisser.

— Je vais voir. C'est l'expérience qui tranchera. Mais, pour en revenir à Quéré, laisse tomber, maintenant.

— Bien, m'sieur.

— Je veux qu'on en finisse.

— Bien, m'sieur.

— Allons ! Cesse de faire l'idiot. Et toi, ça va ?

— Tout à fait. D'après le vieil âne qui me soigne, je suis guéri. Je peux reprendre une vie normale.

— Qu'en dit ta mère ?

— Elle est aux cent coups. J'ai dû lui jurer que j'observerais mon régime. Je deviens capable de jurer n'importe quoi pour qu'on me foute la paix. Est-ce que je te verrai bientôt ?

— Je passerai la semaine prochaine.

— O.K. Ciao ! Je n'ose plus dire : Kenavo. Ils me recolleraient en tôle.

Ronan raccroche et monte dans sa chambre. Il dispose de trois jours. Une lettre recommandée postée le jeudi sera distribuée le samedi. Parfait !

Il s'enferme pour se sentir plus seul. Un instant, il pèse le pour et le contre. Au fond, rien ne l'empêcherait d'aller à Paris entre deux trains et de parler à Hélène, de tout lui raconter de vive voix. Mais on s'explique mieux dans une lettre. Et puis Ronan n'a rien contre cette femme. A travers elle, c'est Quéré qu'il vise. Il faut frapper fort mais il n'est pas du tout nécessaire d'être là, en voyeur. Donc, la lettre ! Et tout de suite. Pour avoir le temps de l'affûter, de lui donner du tranchant, pour qu'elle soit fin prête comme une lame.

Ronan dispose, sur le bureau, du papier à lettres, son stylo, et pour se mettre en train, il rédige l'adresse :

Madame Hélène Quéré
23 bis, rue de Verneuil
75007 — Paris

Pour plus de sûreté, il écrit dans le coin gauche : *Personnelle*. C'est inutile mais cela sonne déjà comme un avertissement. Il commence :

Madame,

Avant de me lire, je vous conseille de regarder attentivement la photographie qui est jointe à cette lettre. C'est une photo de presse, pas très bonne. Cependant, vous reconnaîtrez au premier coup d'œil l'homme qui est au milieu du groupe. Regardez. Prenez votre temps. C'est votre mari. Maintenant, regardez mieux. Qu'est-ce que vous voyez à la boutonnière de son veston ? Ce n'est pas un insigne quelconque. C'est une petite croix d'argent. La croix que portaient encore les prêtres qui avaient envoyé promener la soutane. Votre mari, chère Madame, était un prêtre à cette époque, c'est-à-dire il y a une dizaine d'années. D'ailleurs, j'ai tort de parler du passé. Votre mari est « toujours » un prêtre. Pour vous, catholique fervente, et pour moi, chrétien indigne, il n'y a pas le moindre doute : Jean-Marie Quéré est prêtre pour l'éternité.

Ronan se relit. Ça part assez bien. Quand Hélène en arrivera à ce point de sa lecture, elle sera déjà blessée jusqu'au cœur.

En bas, la sonnette annonçant le déjeuner.

— Je viens, crie Ronan.

Il range soigneusement la lettre et l'enveloppe dans le sous-main, comme un élève studieux, se donne un coup de peigne et descend.

— Tu as l'air de bonne humeur, ce matin, observe

Mme de Guer. J'ai entendu que tu téléphonais, tout à l'heure.

Silence.

— Je ne te demande pas qui t'appelait, reprend-elle.

— C'était Hervé.

Elle pince les lèvres et prend place en face de son fils.

— Toujours des pommes de terre en salade, observe Ronan. On ne pourrait pas avoir du saucisson, du pâté, du consistant, quoi!

Mme de Guer, saisie, le considère sévèrement.

— Tu as juré que tu serais prudent.

— D'accord. Mais suppose que je fasse un petit voyage, pour m'aérer un peu.

— Pourquoi? Tu n'es pas bien, ici?

— Suppose! Par exemple, je prends un car d'excursion et je vais me promener quelque part, sur la côte, du côté de Perros ou de Dinard... Je suis bien obligé de déjeuner et de dîner dans un restaurant. Il faudra bien que je mange ce qui sera au menu... des huîtres, peut-être de la langouste, peut-être de l'andouillette.

Mme de Guer porte sa serviette à sa bouche. Elle ferme à demi les yeux.

— Tu me feras mourir, chuchote-t-elle.

— Non. Je plaisante, dit Ronan. Mais c'est vrai. J'ai grande envie de sortir un peu, de voir du monde. On fait des rencontres agréables, dans ces voyages organisés.

— Tu es fou!

— Bien sûr. Tu ne cesses pas de me le dire. Ça doit être vrai.

Le silence revient. Ronan a hâte de sortir de table. Il y a là-haut un travail urgent qui l'attend. Il expédie le poisson, bouscule les carottes.

— Ne mange pas si vite, proteste Mme de Guer. Tu te fais du mal.

Mais peut-être aime-t-il se faire du mal. Qu'est-ce qu'elle en sait? qu'est-ce qu'il en sait lui-même? Il repousse le yaourt.

— Fini, dit-il. Je vais fumer une cigarette dans ma chambre. Une seule. Promis.

Il remonte quatre à quatre et reprend sa lettre.

Jean-Marie Quéré est prêtre pour l'éternité.

Il enchaîne :

Vous avez épousé un homme qui a renié tous ses engagements. Il n'a pas cessé de vous mentir, de mentir à tout le monde. Il est capable des pires bassesses. Et je vais vous en donner la preuve. Quand je l'ai connu, il était l'aumônier du lycée et nous l'admirions beaucoup; demandez plutôt à Hervé Le Dunff, mon camarade. Moi (je suis obligé de vous parler de moi et je m'en excuse) je faisais un peu bande à part. J'étais avec quelques autres pour la Bretagne libre. Bref, je me sentis un jour obligé de tuer un policier qui se conduisait comme un S.S. J'étais un soldat, voilà ce que personne n'a compris. J'ai cru que votre mari, lui, comprendrait...

« Il faudra que je supprime cette répétition, pense Ronan, mais je ne vois pas bien comment. »

Je suis donc allé me confesser à lui. Je lui ai dit que j'avais exécuté Barbier et je lui ai demandé le pardon. C'était mon droit. Il m'a refusé d'absolution.

Ronan s'arrête, les joues en feu. Il revoit la scène, son visage collé au grillage du confessionnal, et le visage du prêtre, entrevu de profil, dans la pénombre qui sent l'encaustique.

« On pardonne aux combattants, disait-il. On le doit.

— Et moi, je te prie de te taire. Tu offenses le Seigneur. »

Il était sorti de l'étroite cabine, furieux. Il avait montré le poing au confessionnal. Mais cela il ne peut pas l'écrire. Il reprend son stylo et poursuit :

Avant, il ne me prenait pas au sérieux. « Avec tes airs de tout bouffer », disait-il en riant. Eh bien, il a vu !... Et il m'a dénoncé. C'est à cause de lui que j'ai été arrêté. Et quelques jours plus tard, il se défroquait. Je l'ai su par mon ami Hervé. Ce triste Monsieur qui, déjà, ne croyait plus, quand je me suis confessé à lui, a eu le front de me refuser l'absolution. Qu'est-ce que ça pouvait lui faire, pourtant ? Mais, voyez-vous, quand un prêtre renonce à son état, quand il commence à trahir, plus rien ne peut le retenir. Ne me dites pas, pour lui trouver une excuse que je n'avais pas la contrition et autre foutaise. Je jouais franc jeu. Avec toute ma confiance. J'aurais été dénoncé par un autre, j'aurais accepté. Mais pas lui ! Surtout pas lui ! Au nom de quelle morale a-t-il bien pu agir, alors qu'il balançait son honneur par-dessus bord.

Ronan n'est pas satisfait. « Il faudra que je resserre tout ça, se dit-il. Les faits ! Rien que les faits ! Je ne vais pas me mettre à pleurnicher devant cette bonne femme. Et puis, je sais bien, en fin de compte, pourquoi il m'a dénoncé. Pour se donner bonne conscience. Pour pouvoir dire : Je cesse d'être prêtre. C'est mon droit. Mais je reste un honnête citoyen. Le crime doit être puni. »

Il se lève, va chercher le pistolet, le pose devant lui. Il le caresse du bout des doigts. Le dernier copain ! La lettre paraît déjà bien longue. Et pourtant, le plus difficile reste à dire.

J'ai donc été arrêté, écrit-il. *Et ma fiancée s'est suicidée.*

Il ne peut aller plus loin. Sa main trace des signes de moins en moins lisibles. Il repousse la lettre, fait un tour de chambre pour se calmer. Il se frotte les doigts, les plie, les déplie, puis revient s'asseoir, mais chaque mot, maintenant, est un supplice. Il rature et, avec application, reprend sa phrase.

Ma fiancée s'est suicidée. Elle était enceinte. Elle n'a pu supporter de devenir la femme d'un condamné.

Il lâche son stylo et croise les bras.

« C'est bien ça, Catherine, n'est-ce pas ? pense-t-il. Je ne me trompe pas ? Tu n'as pas voulu lutter. Tu n'étais qu'une petite fille ! » Avec les pouces, il s'écrase les yeux, mais les larmes se refusent à lui. Il en connaît seulement la brûlure.

« Tant pis, se dit-il. Ça partira comme ça. Tout cru. Je m'en fiche si c'est mal foutu. J'ai raconté l'essentiel. Encore une phrase pour finir. »

Vous allez souffrir, en me lisant, mais croyez bien que je souffre encore plus que vous. Par sa faute !

Il signe. Dans trois jours, il postera cette lettre. Si cette Hélène a du sang dans les veines, on s'en apercevra. Il se sent brusquement vidé, à bout. Il ferme soigneusement l'enveloppe ; il la regarde, à côté du pistolet, puis il la range dans le tiroir. Bien sûr, il aurait dû s'expliquer mieux, préciser qu'il était l'auteur des lettres anonymes, notamment. Et puis cette ligne toute sèche concernant Catherine, c'est un peu court, et surtout ce n'est pas exact. Catherine ne s'est sûrement pas tuée par lâcheté, elle a bravé sa famille, quand sa liaison a été découverte. Lui, il tenait tête à l'Amiral. Elle, de son côté, ne perdait aucune occasion de provoquer son père. Ma Catherine ! Nous étions, paraît-il, des enfants de 68. Bande de tartufes !

Ronan revient dans sa chambre et se laisse tomber sur le lit. Il est plus fatigué que s'il avait vidé une bouteille d'alcool. Il s'endort tout de suite.

A quatre heures, la vieille bonne, portant un plateau, s'arrête devant la porte. Elle écoute.

— Eh bien, dit Mme de Guer, du pied de l'escalier, entrez ! Qu'est-ce que vous attendez ?

— C'est que, Madame, murmure-t-elle. Monsieur...

— Quoi, Monsieur ?

— Il ronfle.

Quéré ouvre la porte avec précaution.

— N'aie pas peur, chuchote-t-il. C'est moi. Le car avait du retard. Je suis vanné. Mais le voyage a été excellent.

Il tâtonne dans le noir, bute contre une chaise.

— Merde ! dit-il. Oh ! excuse-moi.

Hélène déteste les jurons. Il s'assied, enlève ses souliers, donne du jeu à ses doigts de pied.

— Toujours debout, commente-t-il à voix basse, avec la trépidation, c'est éreintant.

Il prête l'oreille. Elle dort profondément. Elle aurait quand même pu l'attendre. Pour son premier voyage ! Il a tellement de choses à raconter. Sans parler du cadeau, dans la valise. Un petit souvenir de Dinard. Une bricole. Juste pour marquer le coup. Ses mains vont en reconnaissance. La pièce, d'habitude si familière, s'enveloppe d'hostilité. Qu'est-ce que c'est que ces tasses sur la table ? Il découvre la cafetière. La cafetière, à cette heure ? Tant pis. J'allume.

Il traverse le living en aveugle, laisse glisser sa main le long du mur jusqu'au commutateur, donne la lumière. La table n'a pas été desservie. Pris d'une soudaine inquiétude, il entre dans la chambre. Personne. Le lit est encore en désordre, comme si Hélène n'avait pas eu le temps de le refermer.

— Hélène !... Hélène !...

Il visite l'appartement. Elle n'est pas là. Qu'est-il arrivé ?

Il s'arrête au milieu du living et ses yeux tombent alors sur la lettre, au milieu de la table, ou plutôt les deux lettres. Il s'approche. Non. Il y a une lettre et, à côté, une simple feuille arrachée à un bloc. Il lit.

Je quitte la maison. Prends connaissance de la lettre que je viens de recevoir. Regarde la photo. Tu comprendras. Je suis affreusement malheureuse. N'essaye pas de me faire revenir sur ma décision. Je ne te reverrai jamais. Je voudrais être veuve.

Hélène.

— Tout de suite les grands mots, pense Quéré, tandis que la douleur éclate dans sa tête et qu'il s'accroche au bord de la table pour ne pas perdre l'équilibre. Il reste un long moment penché en avant comme un arbre mort. « Idiote ! Elle est idiote ! » Cela clignote devant ses yeux comme le néon d'une enseigne. Et puis, il se décide à ouvrir la lettre.

Madame,

Avant de me lire, je vous conseille de regarder attentivement la photographie qui...

Il l'approche de ses yeux. Mon Dieu ! C'est lui. C'est bien lui. La petite croix, il la possède encore, dans la poche la plus profonde de son portefeuille. Eh bien, tout est fini. Ça devait arriver. La lettre, il s'en moque. Il sait d'avance ce qu'elle contient. Il la parcourt presque distraitement. C'est donc le petit Ronan d'autrefois qui l'assassine ! C'est lui qui a inventé cette stupide histoire de dénonciation. Quéré se rappelle, bien sûr, l'incident du confessionnal.

Il y a encore un peu de café dans la cafetière. Il est froid et amer. Quéré le boit lentement. La coupe d'iniquité ! Ce malheureux Ronan se trompe du tout au tout. Il fabule comme un malade. Et pourtant, il a mystérieusement raison. Qui lui a soufflé cette phrase terrible : « Quand un prêtre commence à trahir, plus rien ne peut le retenir » ?

Il est plus d'une heure du matin. Quéré a un peu froid. Il est absolument sûr qu'Hélène ne reviendra pas. Elle s'est réfugiée quelque part, dans un hôtel ou chez une amie. Inutile de discuter avec elle. Voilà le mot ! Inutile ! L'inutilité de tout ! Pour faire quelque chose, Quéré va jeter un coup d'œil dans la penderie. La valise n'est plus là. Les vêtements d'Hélène ont disparu. Pas tous. Il reste une robe accrochée à un cintre, fantôme dérisoire. Quéré va et vient, sans but. Il relit la lettre de Ronan. De tous ces événements qui ont si profondément marqué le garçon : la dénonciation anonyme, l'arrestation, le suicide de cette pauvre fille, lui n'en a perçu, autrefois, qu'un très faible écho. Il n'avait ni le temps, ni le désir de lire un journal ou d'écouter la radio. Il traversait une abominable crise de conscience qui le tenait crispé sur lui-même, sourd au monde extérieur. Et quand il a quitté la ville, il a rejeté en bloc tout son passé, tous ses souvenirs.

Le café lui a donné soif. Il boit un grand verre d'eau puis, machinalement, il allume une cigarette. Il n'aura même pas la possibilité de se défendre. Pour

Hélène, il est devenu... Ah ! Il n'ose y penser. Que faire ? Aller l'attendre à la sortie du magasin, plaider dans la rue, à deux pas derrière elle, comme un mendiant. Il se révolte. « Enfin, quoi, je ne suis tout de même pas un criminel ! Il n'y a que les imbéciles qui... »

L'aube dessine le contour de la fenêtre. Il y a bien une solution. On peut toujours essayer... Quéré va prendre du papier dans un tiroir. Il écarte du bras les tasses, la cafetière, le paquet de biscottes et commence à écrire :

Mon cher ami,

Il m'arrive quelque chose d'épouvantable. Je n'ai pas le cœur à me justifier. Voici les deux lettres que je viens de trouver. Ce que je redoutais s'est produit. C'est vous qui aviez raison. J'ai été fou de ne pas avouer la vérité à Hélène quand il en était temps et maintenant elle est partie. Mais il me reste un faible espoir. Je verrai bientôt Hervé pour lui remettre mon rapport concernant le voyage. Il sait certainement où joindre son ancien ami. Il m'aidera à obtenir de Ronan de Guer une entrevue. Je vous tiendrai au courant. De votre côté, vous accepterez bien d'écrire à Hélène, quand les choses iront mieux. Elle vous respecte. Si vous lui affirmez que je ne suis pas coupable, que beaucoup de prêtres, à l'heure actuelle, sont conduits à des révisions déchirantes pour des mobiles honorables, elle vous croira peut-être. Et vous ne m'auriez pas gardé votre amitié, si vous me jugiez capable d'avoir trahi le secret de la confession. C'est cela le point essentiel. Mais, en cette affaire, plus stupide encore qu'odieuse, où est la main de la Providence ?

Merci. Affectueusement à vous.

Jean-Marie.

Ronan attend Hervé. Il sirote une menthe à l'eau en regardant les joueurs de billard. Hervé ne lui a pas encore dit pourquoi il lui donnait ce rendez-vous au *Café du Thabor*. Juste un petit mot : *Je serai au Thabor à onze heures. Important que nous parlions*. Il s'agit certainement de Quéré. La lettre a sûrement fait des dégâts.

Ronan aperçoit la Porsche qui se faufile entre un bus et le trottoir. Il a hâte de savoir. Normalement il devrait y avoir du divorce dans l'air, si cette jeune femme n'est pas une lavette. Hervé entre bientôt, cherche son ami des yeux, l'aperçoit et lève la main. Aujourd'hui, en l'honneur du soleil, il porte un prince-de-Galles très clair, cravate bleue. Toujours superbe, Hervé !

— Salut ! Qu'est-ce que tu prends ?

Hervé se glisse sur la banquette.

— Comme toi, dit-il.

Et il attaque aussitôt.

— Quéré m'a laissé un mot. Sa femme l'a quitté. Écoute ! Ne fais pas ta gueule de faux jeton. Tu sais parfaitement à quoi t'en tenir. Tu lui as écrit.

— Exact.

— Tu lui as dit que Quéré avait été notre aumônier, qu'il t'avait dénoncé, enfin tout, quoi.

— Exact.

— En lui envoyant cette lettre, tu savais ce qui allait se passer ?

— Évidemment.

— Alors, maintenant, tu es satisfait ?

— Non.

— Qu'est-ce que tu veux, encore ?

— Sa peau.

— Tu parles sérieusement ?

— Très sérieusement.

— Tu n'en as pas encore assez, de la prison ?

— Ça, c'est mon affaire.

Le garçon apporte un verre où un glaçon flotte sur un beau liquide émeraude. Hervé réfléchit.

— C'était donc ça, dit-il enfin. Tu m'as bien eu !

— C'est pour me faire des reproches que tu m'as convoqué ? Attends ! Ne réponds pas. Je devine. Tu voudrais bien tirer ton épingle du jeu, en douce, maintenant que les choses se gâtent.

Hervé hausse les épaules.

— Si j'avais su !

— Tu m'aurais laissé tomber, achève Ronan. Comme autrefois, au tribunal.

— Mais, bon Dieu, s'écrie Hervé, tu ne vas pas nous ramener le passé à tout bout de champ.

— Quel passé ? dit Ronan. Je viens juste d'être dénoncé. Je viens juste de perdre Catherine. Ça n'existe pas, le passé ! Tire-toi ! Je n'ai plus besoin de toi. Tu étais venu me proposer la paix ? C'est bien ça ? Je regrette.

— Absurde. Tu es absurde.

— D'accord. Je suis absurde mais je le descendrai. Fais-lui la commission.

— On ne peut plus causer avec toi.

— Non. Tire-toi !

— Mon pauvre vieux !

Hervé se lève, se fouille, jette un billet sur la table. Ronan l'écarte d'un revers de main.

— C'est moi qui paye, murmure-t-il. J'ai l'habitude !

Mon cher Ami

J'ai eu, hier, une longue conversation avec Hervé Le Dunff. Il a essayé de parlementer avec Ronan. Rien à faire. Il paraît même que Ronan veut me tuer. Tout cela est tellement dément que je me demande si je ne rêve pas. Ce malheureux Ronan croit dur comme fer que c'est moi qui l'ai dénoncé. Et le plus fort, c'est que Hervé le croyait aussi.

— Voyons, m'a-t-il dit. Mettez-vous à ma place. Personne ne pouvait savoir qui venait de tuer le commissaire Barbier. Absolument personne. Sauf vous, bien sûr, puisque Ronan vous l'a appris en confession. Quand il a été arrêté, je me suis posé la question : qui de nous a parlé ? Mais ce n'était aucun de nous, j'en ai eu bien vite la certitude. Qui, alors ? C'est Ronan qui me l'a révélé, le jour où je suis allé le voir en prison. C'était vous, et vous seul.

— Moi, un prêtre !

— Mais plus pour longtemps.

— Un mauvais prêtre, alors. Dites-le !

Il était bien embarrassé, le malheureux. Et moi-même, j'étais tellement troublé que j'en oubliais mon vrai tourment. Je lui ai dit :

— Vous me connaissiez, pourtant !

— Oui. Moi, je doutais. Il y avait des jours où j'étais sûr que Ronan avait raison et d'autres où j'étais à peu près sûr qu'il se trompait. Alors, j'ai fini par tirer un trait sur toute cette histoire. J'avais autre chose à faire.

J'ai insisté :

— Mais quand nous nous sommes rencontrés dans le métro ? Vous auriez dû m'éviter.

— Pourquoi ? J'avais eu le temps de changer. Vous aussi !

Ce n'était pas très convaincant. Je sentais qu'il me cachait quelque chose mais je ne voulais pas qu'il s'en doute. Et puis il y a des gens à qui il suffit de vieillir pour pardonner. Je suis d'une autre trempe, je l'avoue. Et Ronan aussi ! Je me suis contenté de dire à Hervé (j'abrège, car il ne s'est pas rendu tout de suite) :

— Je vous donne ma parole que je n'ai jamais nui à Ronan. Il y a eu simplement une curieuse coïncidence. Je n'ai plus les dates en mémoire, mais j'ai dû quitter Rennes à peu près au moment où Ronan a été arrêté. Je n'ai été pour rien dans cette arrestation.

— Alors qui ? Si on pouvait le savoir, Ronan resterait tranquille.

— Voyons ! En qui Ronan avait-il une totale confiance ?

— En vous. Et naturellement en Catherine.

— C'est tout ?... Mais alors... Puisque ce n'est pas moi !

Hervé m'a regardé avec effarement.

— Non. Ce ne peut pas être elle, puisqu'ils voulaient se marier.

— Était-elle au courant ?

— C'est Ronan qui pourrait vous répondre. Mais s'il lui avait dit : « Je vais tuer Barbier », elle l'en aurait empêché.

Le brave Hervé ! Il a beaucoup de talent pour gagner de l'argent, mais il n'en sait pas lourd sur le cœur humain.

— A votre avis, ai-je dit, il ne lui cachait rien ? Elle savait certainement qu'il détestait Barbier.

— Certainement.

— Voilà une fille qui aime Ronan, qui veut faire sa vie avec lui, qui sait peut-être déjà qu'elle est enceinte et qui redoute les coups de tête de son amant, ou de son fiancé, comme vous voudrez. N'aurait-il pas été normal qu'elle lui fasse promettre de ne rien tenter contre le policier ? Il aurait cédé. Il aurait promis. Ça vous semble vraisemblable ?

— Oui.

— Il aurait donc promis, mais, rancunier comme il est, il aurait oublié sa promesse. Il n'y a pas d'autre explication possible. Puisque ce n'est pas moi, c'est elle.

Je voyais qu'Hervé ne résistait plus. Prise sous cet angle, l'affaire devenait claire. Pour moi, il n'y avait plus aucun doute. Désespérée, la jeune fille avait eu une réaction de fureur bien compréhensible.

— Ça collerait avec la lettre qu'elle a laissée, reprit Hervé. J'en ai oublié les termes exacts... « Je ne te pardonnerai jamais... Tu es un monstre... » Enfin, vous voyez.

Si je vous rapporte à peu près par le menu notre

conversation, c'est pour que vous sentiez à quel point j'étais bouleversé, car, bien avant Hervé, je vis clairement qu'il n'y avait rien à tenter pour convaincre Ronan. Catherine, pour lui, c'était quelqu'un de sacré. C'était donc moi qu'il avait désigné comme coupable. Cela l'arrangeait. Il y avait, au fond de lui, quelque chose qu'il refusait de voir. C'est méchant, ce que j'écris là. Mais je suis persuadé que c'est vrai. Ronan, hélas, c'est une plaie vivante et je sais ce que c'est.

— Voulez-vous que je lui parle ? a proposé Hervé.

— Il vous sauterait à la gorge.

— Il faut pourtant faire quelque chose.

— Laissez.

— Il est capable des pires violences.

— Je vais réfléchir à tout ça.

J'en avais assez de palabrer.

— Puisque vous êtes innocent, répétait-il, ne restez pas là sans bouger. Ce serait trop bête !

Je coupai court et, pour le rassurer et lui montrer que je ne prenais quand même pas la situation au tragique, je lui ai promis d'accompagner les prochains voyages. Ça, c'était un terrain solide. Le soulagement se peignit sur son visage. Ouf ! Que voulez-vous que je fasse d'autre ?... Que j'aille trouver la police ? Que je me cache ? Que j'écrive à Ronan pour me disculper ? Que je remue ciel et terre pour retrouver Hélène, alors que je suis poursuivi par un forcené ? En un mot, que je me défende ? Mais justement je n'ai pas envie de me défendre. Cela, je le sens fortement. Pas facile de vous expliquer pourquoi. En un sens, je ne suis pas avec Hervé contre Ronan. Je suis avec Ronan contre moi. Car je découvre soudain qu'il se faisait de moi et de tout ce que je représentais une idée naïve, bien sûr, mais haute et pure. J'étais le prêtre, donc j'étais le rocher. Il est venu à moi avec une confiance telle que je suis bien obligé d'appeler cela de la foi. Une foi totale, absolue. Ce que doit être la foi. Je pèse mes mots : il m'a fait l'honneur de croire qu'à moi on pouvait tout dire, que je pouvais tout entendre et tout pardonner. Et là-dessus, je suis parti. J'ai fui.

Dès lors, à ses yeux, j'étais capable de tout. C'est ça, la vérité ! Avec Ronan, pas de milieu. Si vous lui disiez que je n'ai pas pu le dénoncer, il vous répondrait : « Pourquoi pas ! Il s'est bien défroqué ! » Et pour Hélène, c'est à peu près la même chose. Ils sont tous les deux des fidèles qui ne transigent pas. Douze balles dans la peau ! Des fidèles ! Vous sentez à quel point ils ont raison contre moi. Je suis, pour eux, celui par qui le scandale arrive. Et j'irais, maintenant, essayer de raisonner Ronan, de lui faire entendre qu'il se trompe de coupable ! J'irais lui enlever Catherine ! Ce serait le tuer.

Mais si c'est lui qui me tue ? C'est là, peut-être, qu'il faut s'en remettre à ce que j'appelais autrefois, comme vous, la Providence. Je ne sais plus. Je suis semblable au poulpe que le pêcheur retourne comme un gant. Il agonise, visqueux, gluant, maculé de traînées d'encre. Je n'en peux plus. Que les choses aillent leur train. Je n'ai pas le choix.

J'ai remercié Hervé de tout ce qu'il faisait pour moi. Il a retrouvé son sourire pour me dire :

— Après tout, n'exagérons pas. Ronan a peut-être voulu nous effrayer. Nous nous effrayons peut-être à tort.

C'est ainsi qu'on parle à un malade quand on le sait

condamné. Pourtant, pris d'un dernier scrupule, il a ajouté :

— Mais je vous aurai prévenu. Méfiez-vous !

Cher garçon ! Il aime se sentir à l'aise, moralement et physiquement. Il lui faut une conscience coupée large, comme son beau costume prince-de-Galles. Qu'il se rassure ! Je ne lui en veux pas d'être ce qu'il est : gentil et égoïste. Et de quel droit le jugerais-je ? Je suis son employé !

J'ignore maintenant quand je vous écrirai. Peut-être jamais plus. En pensée, restez près de moi. Cela m'aidera à marcher droit.

Affectueusement vôtre.

Jean-Marie.

Ronan se relit :

Ma chère maman,

L'homme de guerre (en dépit de son nom), ce n'était pas votre mari. C'était moi. Il me reste une dernière mission à accomplir. J'ai bien l'intention de la mener jusqu'au bout. Après, je vous délivrerai de ma présence. Elle vous aura aidée à fortifier vos vertus chrétiennes, mais, à la longue, vous auriez perdu un peu de cette charité que le monde vous envie. Ma dernière volonté, je sais d'avance qu'elle ne sera pas respectée, mais je la dis quand même : je voudrais être enterré près de Catherine.

Adieu. Je vous autorise à penser que je vais disparaître après une dernière crise de folie. Cela vous aidera à sauver les apparences.

Je vous embrasse.

Ronan.

Il cachette l'enveloppe, la timbre. Dans quelques heures, il postera sa lettre à Paris. Quand elle parviendra à son adresse, tout sera joué. Il vérifie son pistolet, le glisse dans sa petite valise. Un dernier regard autour du bureau, de sa chambre. Il sort. Il est parti.

Les voyageurs montèrent dans le car, un à un, en échangeant des propos joyeux. Quéré, debout près du chauffeur, parcourut la liste : quarante-deux clients, du tout-venant. Quelques Belges, un couple d'Allemands, et le reste, des retraités qui voulaient éviter la foule des grandes vacances... Duthoit, Martin, Gaubert, Peralta, de Guer... Quéré leva les yeux. De Guer !... Ronan avait déjà choisi sa place, tout au fond, et il regardait le mouvement de la rue. Quéré, sous le visage amaigri, sous le masque dur, retrouvait le jeune homme d'autrefois, mais par échappées, comme à cache-cache, à travers le voile des années. Son cœur cognait. Si Ronan était là, c'était évidemment pour... Impossible de descendre. Trop tard.

— Prêt ? demanda Germain, le chauffeur.

— Prêt ! dit Quéré.

Le moteur du Volvo démarra en souplesse et la voiture, longue et luxueuse comme un Pullmann, s'éloigna du trottoir. Pour le moment, tout discours était inutile. Quéré se contenta de remonter l'allée centrale pour vérifier les billets. Il se rapprochait de Ronan, qui, déjà, sortait de son portefeuille les papiers qu'on lui avait remis à l'agence. Leurs yeux se rencontrèrent. Ronan, indifférent, lui jeta un regard distrait et aussitôt tourna la tête. S'il avait remarqué le moindre signe d'intérêt, sa résolution aurait peut-être fléchi. Quéré comprit qu'aucun contact n'était possible. Ronan était là, aussi impersonnel, aussi froidement inhumain qu'un engin programmé pour exploser à une certaine heure.

Quéré regagna sa place. Il était payé pour faire un travail bien précis. Il le ferait, malgré le trouble qui le mouillait de sueur. Il prit le micro et donna ses instructions : première pause à Argentan ; puis, par Domfront et Mortain, on gagnerait Pontorson et le Mont-Saint-Michel. Visite de la Merveille ; dîner et coucher à Saint-Malo, à l'*Hôtel Central*. Le lendemain, visite de la ville, déjeuner à *La duchesse Anne* et campos jusqu'à seize heures. Ensuite, visite de l'usine marémotrice à l'embouchure de la Rance. Dîner et coucher à l'*Hôtel Bellevue*. Enfin, le dimanche, excursion en bateau à Dinard et déjeuner à Dinan, au restaurant *Marguerite*. Retour à Paris dans la soirée, par Bagnoles-de-l'Orne, dernière halte à Verneuil. Il y eut un brouhaha de satisfaction.

— Enchaînez, dit Germain, tandis que le car sortait de Versailles. Parlez-leur un peu de la Normandie, pour créer l'ambiance. Après la pause pipi, on les fera chanter en chœur. Ils adorent ça. Ils sont là pour s'amuser.

Quéré savait parler. Avant d'être aumônier du lycée, il avait été vicaire à Saint-Hélier. Il retraça rapidement l'histoire d'Argentan et raconta quelques anecdotes sur les combats de la Libération, qui avaient endommagé gravement plusieurs monuments dont le donjon et l'Église. Ronan semblait dormir, mais Quéré devinait qu'il ne perdait aucune de ses paroles. Quand se déciderait-il à agir ? Et comment ? Il devait bien se rendre compte que son ennemi se trouverait toujours entouré par le groupe des touristes.

Le car roulait plus vite. Quand il atteignit Argentan et stoppa sur la place du Champ-de-Foire, en face du *Café des Platanes,* Quéré descendit le dernier, après s'être assuré que Ronan était loin de lui, dans un groupe de vieilles dames qui jacassaient gaiement.

— Ils sont faciles, dit Germain. Mais ne poussez pas trop sur l'histoire ancienne comme la dernière fois. Ça les fait roupiller, en général, et alors on s'emmerde. Et puis n'oubliez pas de leur parler bectance. Les spécialités du coin. Les soles à la crème... Le trou normand... Qu'ils aient l'impression de faire une virée terrible. Regardez-les. On est à peine partis et déjà il y en a qui se tapent des apéros !

Ronan buvait, lui, un quart Vichy, accoudé au comptoir du bistrot. Quéré songea qu'il aurait été facile de l'aborder, de lui dire : « Mettons les choses au point, une bonne fois ! » Mais le car allait repartir et puis Quéré sentait de plus en plus fortement que toute explication était vaine. Mettre au point quoi ? Aboutir à quel accord ? Obtenir quel pardon ? Ce qui avait été fait, comment le défaire ?

Germain frappa dans ses mains.

— En route !

Ronan reprit sa place, tout au fond. « Peut-être veut-il simplement m'effrayer », se dit Quéré. Il sortit son micro.

— Cher amis, nous allons traverser Mortain. C'est une très jolie petite ville, au-dessus de la gorge de la Cance...

Ronan avait fermé les yeux, et cette attitude si paisible, si détachée, était pire qu'une menace.

— L'église Saint-Évrault, construite au XIIIe siècle...

Le car ralentit. On aperçut une voiture renversée, des gendarmes auprès d'une ambulance. C'était l'occasion de s'arrêter, de désigner Ronan et de le faire fouiller. Il avait sûrement une arme sur lui. Mais c'était là des pensées sans consistance, qui passaient comme des fumées, à l'arrière-plan des commentaires.

— Sur son îlot, le Mont-Saint-Michel est haut de soixante-dix-huit mètres à la plate-forme de l'église...

Quéré était venu bien souvent au Mont-Saint-Michel ; il avait prié là-haut. Il s'était promené dans le cloître, demandant la paix de l'esprit. Et maintenant, à mesure que l'on se rapprochait de la mer, il épouvait la douceur d'une agonie tranquille, comme un cancéreux assommé de morphine. Germain, qui disposait aussi d'un micro, s'écria :

— Une petite chanson, pour laisser reposer notre guide. *La Paimpolaise,* tous en chœur !

Ils se mirent tous à chanter. Ronan ne bougea pas. A peine s'il entrouvrit les yeux pour s'orienter. Le car venait de prendre la N 176 et le Mont était en vue, à l'extrémité d'une étendue grise, qui brillait çà et là comme de l'étain. Petit dans la distance, il ressemblait moins à un piton rocheux qu'à un grand clipper s'éloignant dans la brume.

Ronan se redressa. Il était enfin chez lui. Sa querelle, ici, prenait tout son sens. Les cris d'admiration qui montaient déjà autour de lui faillirent le mettre en fureur Le car se rangea tout près de la porte du Roi et la caravane, Quéré, en tête, s'engagea dans la Grand-Rue.

« Il va peut-être enfin me parler », pensa Quéré. Mais Ronan marchait parmi les derniers visiteurs. Pourtant, il y aurait forcément, quelque part, une rencontre, un échange de mots violents. Ronan frapperait, sans doute, mais pas avant d'avoir dit ce qu'il avait sur le cœur.

— La flèche de l'église abbatiale atteint cent cinquante-deux mètres au-dessus des grèves... Du monastère primitif subsistent...

Quéré écoutait patiemment le monologue du guide attaché au Mont. La peur était en lui comme un très vieux chagrin. Le petit cortège piétinait de l'aumônerie et du cellier à la salle des Hôtes et à celle des Chevaliers. Il y eut une halte assez longue pour admirer les jardins. A perte de vue, au-delà des remparts, du Couesnon, les yeux découvraient l'immensité mélancolique des tangues qui, sous un ciel pâle, se confondaient au loin avec la mer dont on devinait la présence à un mince liseré blanchâtre.

Ronan, les mains à plat sur la pierre moussue du parapet, rêvait. Il paraissait de plus en plus inoffensif. Quand le groupe s'apprêta à quitter la Merveille, il fallut qu'une vieille dame lui adressât la parole pour qu'il se décidât à suivre ses compagnons. Il musa, pendant le retour, flânant le long des maisons à pignons et des magasins de souvenirs. Visiblement, il s'ennuyait dans la compagnie de ces touristes dont les étonnements niais l'excédaient. Germain rassemblait son monde et le car repartit pour Saint-Malo.

— N'oubliez surtout pas les corsaires, dit-il à Quéré. Chateaubriand, ils s'en foutent !

Quéré attaqua la vie de Surcouf. Il ne perdait pas

Ronan des yeux. « Ce qu'il doit m'en vouloir de faire le guignol pour les Parisiens ! » pensa-t-il.

Comme il tournait le dos à la route, la mer se découvrait à sa gauche, verte et moutonneuse. Les passagers, contemplant le large, l'écoutaient distraitement. Au loin, apparurent les murailles de Saint-Malo. Bientôt, le car suivit un boulevard qui longeait l'océan. Les pieux noirs et rongés servant de brise-lames se montraient au-dessus du long parapet protégeant la Promenade.

— Chers amis, dit Quéré, nous arrivons. Nous allons passer entre deux énormes tours : la Générale et la Quiquengrogne. Vous vous réunirez dans le salon de l'hôtel et je vous indiquerai le numéro de vos chambres. Mais restez assis. Nous avons encore le temps. Voici le Château. Le port de plaisance se trouve à notre gauche. Nous prenons la Grand-Rue... et nous y sommes !

Le car stoppa devant l'hôtel et ses occupants descendirent, tandis que Germain ouvrait les soutes et commençait à sortir les valises, aidé par un bagagiste.

A la réception, le concierge donna à Quéré un télégramme. Rapidement, Quéré l'ouvrit :

Hélène retrouvée. M'occupe d'elle. Amitiés. Hervé.

Mais déjà les voyageurs le harcelaient. Où était passé Ronan ? Il était installé dans un fauteuil et lisait une brochure touristique. Quéré entreprit de loger ses clients, ce qui n'allait pas sans contestation. De temps en temps, il se répétait : « Hélène retrouvée. Hélène retrouvée. » Est-ce que cela signifiait qu'elle consentait à reprendre la vie commune ?

— J'avais demandé une chambre à deux lits.

— Nous allons voir ça, madame. Excusez-moi.

Peu à peu le hall se vidait. Ronan avait disparu. Germain, perché au bar, buvait un demi. Épuisé, Quéré gagna la petite chambre qui lui avait été réservée, au quatrième. Elle était sommairement meublée. Par la fenêtre mansardée, le regard, passant au-dessus des remparts, apercevait des mâtures et un coin de ciel où planaient des mouettes. Il s'allongea sur le lit. Il n'avait pas le courage de vider sa valise. « Hélène retrouvée » Et puis après?... Dormir! Oublier!... Avec un effort qui le fit grimacer, il se releva et s'assit devant la table minuscule, entre le lavabo et l'armoire. Il y avait un sous-main contenant quelques enveloppes et quelques feuilles à en-tête. Il écrivit.

Mon cher ami,

J'arrive à Saint-Malo. Ronan est là, parmi les touristes que j'accompagne. Un télégramme d'Hervé m'apprend, d'autre part, que ma femme est retrouvée. Mais je n'ai pas l'intention de me battre pour sauver mon ménage et ma vie. Je ne peux rien contre des fanatiques. Je peux simplement leur faire cadeau de mon silence. La seule bonne action dont je sois capable. Qu'ils la gardent, leur vérité! Je veux bien qu'ils me prennent pour un salaud. Je veux bien mourir dans le péché. Plus tard, si l'occasion s'en présente, faites seulement savoir à Hélène que je n'étais quand même pas si indigne. Merci. Adieu.

De tout cœur.

Jean-Marie.

Il cacheta, traça l'adresse avec soin.

Dom Hilaire Mermet
Abbaye de La Pierre-qui-Vire
89830 Saint-Léger-Vauban

Ensuite, il alluma une cigarette, fit quelques pas, les mains au dos. « Je ne suis sûr de rien, pensait-il. Je ne suis même pas sûr de ne pas me jouer la comédie. » Il tira son portefeuille et sortit du compartiment où il rangeait sa carte d'identité la petite croix d'argent qu'il avait si longtemps portée à son revers. Il la fit sauter dans sa main puis l'accrocha à son veston et alla se regarder dans la glace.

— Pauvre clown ! dit-il à haute voix.

Soudain, le téléphone sonna, à la tête du lit. Encore un client qui était mécontent, sans doute. Il décrocha, entendit la voix du concierge.

— Monsicur Quéré ? Il y a un Monsieur qui demande s'il peut aller vous voir.

— Qui est-ce ?

— M. Ronan de Guer.

Quéré se tut.

— Je lui dis de monter ? insista le concierge.

— D'accord, murmura Quéré.

Déjà ! C'était déjà l'heure. « Si je savais seulement qui je suis », pensa Quéré. Il écoutait de toutes ses forces. Au loin, le glissement de l'ascenseur était nettement perceptible. Il entendit l'arrêt de la cage à l'étage, et il s'aperçut qu'il avait froid. La moquette du couloir étouffait les bruits. Il sursauta quand on frappa à la porte. Il avait deux mètres à franchir. Il joignit les mains.

— Mon Dieu, je ne sais pas si vous êtes là.

Il fit trois pas, s'arrêta, se passa la main sur les yeux.

— Seigneur, si vous êtes là, faites vite.

Il ouvrit la porte.

La balle lui traversa le cœur.

DES MÊMES AUTEURS

Aux Éditions Gallimard

Dans la collection Folio Junior

SANS-ATOUT CONTRE L'HOMME À LA DAGUE. *Illustrations de Daniel Ceppi, n° 488.*

SANS-ATOUT ET LE CHEVAL FANTÔME. *Illustrations de Daniel Ceppi, Paul Hogarth et Gilles Scheid, n° 476* (Édition spéciale).

LES PISTOLETS DE SANS-ATOUT. *Illustrations de Daniel Ceppi, n° 523.*

Aux Éditions Denoël

CELLE QUI N'ÉTAIT PLUS, *dont H. G. Clouzot a tiré son film* Les Diaboliques

LES LOUVES, *porté à l'écran par Luis Saslavsky et remake par la S.F.P.*

D'ENTRE LES MORTS, *dont A. Hitchcock a tiré son film* Sueurs froides

LE MAUVAIS ŒIL

LES VISAGES DE L'OMBRE, *porté à l'écran par David Easy*

À CŒUR PERDU, *dont Étienne Périer a tiré son film* Meurtre en 45 tours

LES MAGICIENNES, *porté à l'écran par Serge Friedman*

L'INGÉNIEUR AIMAIT TROP LES CHIFFRES

MALÉFICES, *porté à l'écran par Henri Decoin*

MALDONNE, *porté à l'écran par Sergio Gobbi*

LES VICTIMES

LE TRAIN BLEU S'ARRÊTE TREIZE FOIS *(Nouvelles)*

... ET MON TOUT EST UN HOMME *(Prix de l'Humour Noir 1965)*

LA MORT A DIT PEUT-ÊTRE

LA PORTE DU LARGE *(Téléfilm)*

DELIRIUM

LES VEUFS

LA VIE EN MIETTES

MANIGANCES *(Nouvelles)*

OPÉRATION PRIMEVÈRE *(Téléfilm)*

FRÈRE JUDAS

LA TENAILLE

LA LÈPRE

L'ÂGE BÊTE *(Téléfilm)*

CARTE VERMEIL *(Téléfilm)*

LES INTOUCHABLES

TERMINUS

BOX-OFFICE

MAMIE

LES EAUX DORMANTES

À la Librairie des Champs-Élysées

LE SECRET D'EUNERVILLE

LA POUDRIÈRE

LE SECOND VISAGE D'ARSÈNE LUPIN

LA JUSTICE D'ARSÈNE LUPIN

LE SERMENT D'ARSÈNE LUPIN

Aux Presses Universitaires de France

LE ROMAN POLICIER *(Coll. Que sais-je?)*

Aux Éditions Payot

LE ROMAN POLICIER *(épuisé)*

Aux Éditions Hatier — G.-T. Rageot

SANS-ATOUT ET LE CHEVAL FANTÔME

SANS-ATOUT CONTRE L'HOMME À LA DAGUE

LES PISTOLETS DE SANS-ATOUT *(romans policiers pour la jeunesse)*

DANS LA GUEULE DU LOUP

L'INVISIBLE AGRESSEUR

Impression Bussière à Saint-Amand (Cher),
le 28 juillet 1989.
Dépôt légal : juillet 1989.
1er dépôt légal dans la collection : septembre 1984.
Numéro d'imprimeur : 9087.

ISBN 2-07-037595-1. / Imprimé en France.
Précédemment publié par les éditions Denoël.
ISBN 2-207-22612-3.

46854